大学教員人生50年よもやま話

古田 善伯

スポーツ指導と研究

教員生活半世紀

私の生き方・思うこと

はじめに

このエッセーを書こうと思った動機は単純である。ある時散歩に出かけて、次の日にその散歩の様子を書こうと思い付き、記憶を頼りに書き出した。しかし、細かい部分が思い出せないことが分かった。そこで、散歩の回数を増やして、記憶に残るよう努力して、再度書き出した。この作業をしながら、文章にして書き出すことは、脳の機能を刺激し、認知症の予防になるのではないかと思うようになった。喜寿を迎える者にとっては都合の良い発案だと思って、エッセーを書こうという気になった。

ところが、エッセーの書き方や基本的な手続きは全く分からない状況から始めているので、勉強する必要があるということになった。そこで、関市立図書館へ行ってエッセーを探すと、「ベスト・エッセイ」という本が見つかり、早速このシリーズを借りてきて読んでみた。読んでいくうちに、なんとなくエッセーとは何かが分かってきた。これ以外にも多くの小説家がエッセーを書いていたので、それも読んでいる。小説家の文章は読みやすく、読み続けることができた。しかし、私の文章はどうしても論文形式になってしまい、人に読んでもらうような文章が書けないことを自覚した。そこで、とりあえずは、自分の家族に読んでもらうことを念頭に置いて書いてみようと思った。しかし、この後が大変だった。

まず、何を書くのか、どんなことを書けばよいのかということから考え始めたが、エッセーだから何でも思ったように書けばよいといった説明も見られたので、自分の人生で経験した出来事などを書こうとした。実は大学に勤務していた時に、その時点の自分の考え方を短編の文章で残していたので、これを基本にして肉付けして書いていこうと考えた。だが、書き始めてからしばらくして、書くネタがなくなってきてしまった。どうするか。これからは過去の日記や記憶を頼りに、ネタを探しながら書いていくしかないと覚悟した。しかし、それでもネタが不足してきたので、結局のところ、自分の専門とする柔道と運動生理学の内容を一般の人にも理解できるようにかみ砕いて書くことにした。こんな状況で書き上げたのが本書である。したがって、内容的には面白くないかもしれないが、今回は自分の人生の思い出として書いてみた。

このエッセーを書いている時、個人の名前を出してよいのか不安だったが、特に影響しないだろうという安易な考えで、具体的な名前を出した。ご了承いただきたい。さらに、大学に勤務していた頃の出来事については、独断による思い込みを書いた部分があるかもしれない。その点はご容赦願いたい。これを読んで笑い飛ばしていただければ幸いです。

日々の暮らし

散歩について

散歩という言葉にはいろいろと含みがあると思う。一般に、散歩といえば気楽にゆっくりと歩くことを意味するのではないか。私の場合は、やや速めに歩いて、気分転換ができる程度の歩行を散歩としている。最近は右脚にしびれがあるため、以前のように気楽に歩くのではなく、両足がしっかりと着地することを確認しながら歩いている。時々ふらつくことがあるが、意識的に修正しながら歩いている。20分程度歩いているとリズムができて、ふらつくこともなく、サッサと気分良く歩けるようになる。

このエッセーの原稿を思案しつつ、前へ前へと進んでいると、時間の感覚がなくなってくる。30、40代の頃は、ジョギングをしながら勤務する大学の周辺を散策していた。50代になると、大学の周りを歩きながら悩み事の解決法などを考えたり、研究論文の構想を立てたりしていた。70歳になるとどうしても運動量が減ってくるので、最近は健康志向の散歩を主としている。

実は、歩けるということは、日常生活を送る上でとても重要なことである。歩けるようにしておかないと、例えば、東京へ出張した時に、目的地へ行くのに苦労することになる。私の経験では、東京へ行って帰ってくると、歩数計のカウントは1万歩以上になる。東京に住んでいる人は毎日1万歩以上歩くことが多いのではないかと思う。そうであれば、東京の人は自然に健康運動をしていて、健康な人が多いのではないだろうか。私が住んでいる関市は自動車での移動が便利な車社会であるため、長時間歩くことが少なくなっている。この点、東京の人は公共交通機関を使うため、歩く機会の多い生活になっている。こう考えると、田舎では、意識して歩く量を確保することが健康維持のために必要となってくる。

後期高齢者になった現在では、時々妻と自宅から車で20分程度のところにある中池（農業用貯水池）へ行って、池を一周している。水辺で過ごしているハクチョウや野鳥を見ながら歩くので、単に歩くだけの場合と異なり、気分が爽快になる。最近ハクチョウの子どもが姿を現すようになり、親子を観察しながら、元気に育つことを願っている。ハクチョウの子どもはまだ茶色の毛であるが、成長すると白くなることをアンデルセン童話で読んだことがある。妻は毛の色が白くなることを知らなかったので、成長した姿を見ると驚くと思う。

40代になると、簡易な歩数計を安く入手できたので、毎日朝起きると歩数計を装着して生活していた。帰宅して歩数を確認していたが、高齢になってからは歩数計を装着しなくなった。その代わりに、歩いた時間を目安に一日の運動量を推定している。妻はスマートフォンの歩数計機能を使って、「今日は4千歩しか歩いていない」などと言っているが、歩数は気にしない方がよいと伝えている。高齢になってからは、気分良く散歩することを心掛けている。

これからも、中池で妻とハクチョウの様子を見ながら、池の周りを散歩しようと思っている。いつまで続けられるかな……。

退職後の生活

２０２２年３月31日をもって中部学院大学を退職し、教員生活がすべて終了した。振り返ると、東京教育大学体育学部スポーツ研究所（５年）、岐阜大学（36年）、放送大学岐阜学習センター（３年）、中部学院大学（８年）と、大学の教員として52年間勤めたことになる。教員以外の職には就いたことがないので、一般社会人としては通用しないのかもしれない。退職する前の15年間は大学の管理運営（岐阜大学教育学部長、副学長・理事、放送大学岐阜学習センター長、中部学院大学学長）の仕事が中心であったので、一般の教員とは別の世界にいたともいえる。いずれにせよ、52年間の教員生活が終焉《しゅうえん》したということである。これからは普通の高齢者として生活することになる。

退職後も、金曜日の午後に大学の非常勤講師（１コマ）を務めることになったが、

1週間のうち6日間は特別な仕事がないことになる。この自由な時間を有意義に使うためには、毎日何をすべきかを考えて行動することになる。午前中は自宅でパソコンに向かってエッセーを書いたり、授業の資料を整理したりして、午後は実家の片付けに出かけていき、時々畑で野菜の手入れをしている。はたから見れば、のんびり暮らしていると思われていることだろうが、時間だけは早く過ぎていく。何もしないでいても仕方がないので、とりあえず、これまでに書いてきたエッセー文を縦書きに直して、まとまれば本にしてみたいと考えている。内容については独断的な考えが入っているので不安もあるが、自分の思いを素直に書いた文章なので、少々の間違いや独断は容認してもらうことにする。これまでのエッセー文を読み返してみると、その時点での思いや考え方を書いているので、これまでの自分の立ち位置や社会の様子を反映しているように思える。

退職してしばらくたって、雇用保険の書類が届いた翌日、今度は後期高齢者保険証が届いた。誕生日以後はこの後期高齢者保険証を使うことになる。ただし、妻はまだ後期高齢者になっていないので、国民保険証に切り替える手続きが必要となる。

そこで、市役所の国民保健係に行って確認すると、翌月にならないと手続きができないということだったので、仕方なく帰ってきた。保険証の手続きが結構面倒くさいことになっている。退職すると自分のことはすべて自分で対処しなければならないので、勉強することが多々ある。これからは一般社会人として、勉強しながら生きていくことになる。

中部学院大学の学長をしていた時は、毎日たくさんのメールが届いており、出勤してすぐにメールの確認作業を行っていた。ところが、退職後は新しいメールがほとんど届かなくなったので、少し気が抜けた感じになっている。しかし、岐阜大学（名誉教授用）のアドレスには、商業用などのメールが1日10通以上届いているので、その整理を毎日行っている。メールはたくさん届いても、また全くないのも気分的に落ち着かない。コミュニケーションを取る手段として、毎日少しのメールのやり取りができるとよいと思っている。勝手な言い分ではあるが。

退職後は、毎日ラフな服装で過ごすことができ、気楽である。背広を着て、ネクタイを締めて出かけるのは金曜日の午後のみである。1週間に1回だけ着る背広は

新鮮な気分になる。非常勤がなくなれば、どんな服装でも構わなくなり、それととも
に老けた様相になるのではないかと、若干不安でもある。職がなくなっても服装はきちんとしようと思う。ただし、これまでに購入している背広が何着もあるので、あまり着ない服は廃棄しようと思っている。この作業をいつやるかはまだ決めていないが、気が向いたら処分したい。いつになるのやら？

平日に妻と岐阜高島屋へ行って、北海道展で買い物をしてきた。この時感じたことは、街中やデパートの中の人々は大半が高齢者であった。高齢者は日常的に時間に余裕があるので、散歩がてらデパートなどを巡っているのかもしれない。とはいうものの、自分もこの高齢者の一人であり、同じ穴のむじなと言える。

先日、目にした新聞の情報によると、２０２４年７月にこの高島屋も閉店するということであり、岐阜で唯一のデパートがなくなるのは寂しい限りである。特に柳ケ瀬地区の住民にとってはショックが大きいのではないだろうか。岐阜市が高島屋に代わる店を取り込んで、にぎわいを戻すことを期待している。

退職後１カ月が過ぎ、５月の連休も終わろうとしている。４月中に行う計画がた

くさんあったが、ほとんどやり遂げておらず、これから継続してやらなければならない状況にある。勤務する時間はなくなり、自由時間があると思っていたが、想像以上に毎日行う作業があった。ただし、義務化された作業はほとんどなく、自分の意志でやらなければと思っていることばかりである。やろうと思えば、細かい作業はいくらでも思い付くので、気分が向いたら行うことにしている。

妻は毎日忙しそうに動き回っており、日課としての作業が多くあるようだ。妻にとってはそれが生きがいなのかもしれない。数日前に妻へ次女（真紀）から電話があり、話をしている際に、「お父さんは大丈夫？」と心配していたと妻から聞いた。子どもたちには、いつも外へ出かけていた父親が、自宅で何もしないで過ごしている姿は想像できないのかもしれない。「自分の生きがいは？」と言われると、まだよく分からない状況だ。当面はエッセーを書くことや、実家の整理を行うことが生きがいの一つと考えようと思っている。

退職する前から読み始めた「定年後」（楠木新著、中央公論）という本の中に、「何をしてもいい自由を選ぶのが『誉生（よせい）』、何もしなくてもいい自由を選ぶのが『余生』である」という文章を見つけた。また、「何をやってもよく、何もやらなくてもいい。自らの個性に合った働き方、生き方をすればよいのだ。大切なのは退職後の一日一日を気持ち良く『いい顔』で過ごせることだ」という文も目に入った。この文章には自分も納得する。退職後はどちらの「よせい」で過ごしてもよいので、特別に決めてかかる必要はない。自分が納得できる生き方をすればよいだけのことである。過去の過ごし方は無視してよいのだと自分に言い聞かせて、自由人の発想で過ごしたいと思う。

8月14日に子どもたち3家族が我が家に集まり、昼食は岐阜市の長良川河畔にある「ルシノワ」で退職祝いを催してくれた。子どもたちは3人とも40代になり、それなりに成長して自立した家庭を築いているので、安心ではある。その後は自宅へ帰って、手料理の夕食をとりながら楽しく歓談した。3人の孫も楽しそうにしていた。

この時期はまだ、コロナの感染が急増しており、東京から新幹線で来るのを心配していたが、長女と次女と孫は何事もなく岐阜に到着し、妻と車で迎えに行った。

自分と妻はそれなりに心配していたが、子どもたちは心配しているのかどうか分からないくらいだった。高齢者は感染すると重症化するという情報が飛び交っていたので、妻は特に心配していた。結果として、子どもたちは問題なく帰っていったので、安心しているところだ。帰りの土産に自宅のブルーベリーを収穫して持って行った。生のブルーベリーとジャムを楽しんでくれると思う。

子どもたちが帰ってから、改めて振り返ると、自分はもっぱら研究と教育活動に専念してきたため、子育ては妻に全面的に任せてきた。それでも子どもが社会人として一人前に育っていることに感謝したい。そして、妻には苦労を掛けたと思っており、大感謝である。みんなが集まったお盆は楽しい雰囲気で過ごした。コロナが収まったら、軽井沢かどこかで集まって、家族旅行を満喫できればと思っている。

退職して11カ月が経過した頃、後期高齢者になると、運転免許更新の前に認知症の検査を受ける必要があるため、中濃講習センターで受けてきた。16個の絵を覚え、しばらくして何の絵があったかを解答するというものであったが、10個しか思い出せなかった。しかし、次のヒントを書いた解答用紙では16個すべての記憶が戻ってきた。第一段階で全部解答するのは若い人でも難しいのではないかと思う。数日後に検査結果の書類が届き、合格していたので安心した。

次は高齢者講習と運転技能検査を受けることになり、中濃自動車学校に電話をして予約した。後期高齢者の免許更新には、この三つの講習・検査に合格しなければならないということなので、厄介なことであるが三つとも受けた。運転技能検査は以前に行った内容より易しくなっていたので100点満点であった。ただし、視力検査は3種類の検査を行ったが、視力は低下していた。まず一つ目は夜間視力検査であり、両目に30秒間明るい光を当てた後、提示された指標を答えるものである。この検査結果はあまり芳しくなかった。また動体視力の結果は年齢相応であった。三つ目の視野測定では両眼とも90度以上の範囲が見えたので、かなり機能が高いと言える。確かに、運転中にハンドルを切ると、時々妻が「どうしたの」ということがあったが、妻には広域の視力がないのだろうと思う。いずれにせよ、後期高齢者の免許更新に必要な書類は全てそろったので、誕生日に更新手続きを行える。今後何歳まで運転できるか分からないが、自動運転車が普及するまでは頑張ろうと思う。

野菜作りの楽しさ

退職するまでは仕事の関係もあり、年3回程度の草刈り以外、畑仕事は妻にほとんど任せていた。草刈り機で刈るので、背の低い草は問題ないが、1メートルを超えるような背の高い草を刈るには一苦労した。草刈り機の刃に絡まってしまうため、そのたびに作業を中断して取り除かなければならず、なんとも歯がゆい。ただそれも、繰り返し行ううちに、背の高い草でも刃に絡まない方法（一気に草刈り機を回転させて刈り込む）を体得し、作業が楽になった。

草が伸びるのは主に夏の時期なので、草刈り中、暑さに参ってしまうことがある。気温が35度以上の時に熱中症気味になったことがあり、車に腰かけて休息し、水分補給をしながら続きを行った。最近は時間的余裕ができたので、草が大きくなる前に刈ることにしている。

退職後、親から相続した畑で野菜作りを始めることにした。田んぼもあるが、こちらは農家の方に管理してもらっている。悲しいことに、野菜作りの基本が分からなかったので、経験のある妻の指導を受けながら挑戦している。

まず初めに行ったのは、畑を耕すことである。もともと田んぼであったため、土が粘っこい状態であった。小型の耕運機で耕したが、1回だけでは土がこなれてこない。2回目、3回目と耕してみると、ようやく土が細かくなり、くわで掘った時の抵抗感が少なくなった。この段階で堆肥をまき、野菜を植える畝を作った。簡単だと思っていたが、7畝作るだけで汗をかいてしまった。休みながらなんとか作り終えた。

この作業を行う中で、小さい頃の記憶が思い浮かんできた。父と一緒に畑へ行って、作業を見ていたが、父がゆっくりと、何度も休憩しながら作業していたのを覚えている。動作はゆっくりしていたが、目的とする畑仕事はその日のうちに完了していた。農作業はがむしゃらに行うのではないことを、この経験から学んだ。運動生理学の理論では、激しい運動は休息を入れながら行うと、長時間継続できることが示されている。父の作業の方法はまさに、この理論を実践していたことになる。

10月中旬になって、タマネギの苗を植える時期だと妻から教えてもらい、最初にマルチ（穴の開いた黒色のビニールシート）を畝の上にかぶせて、風ではがれないよう周りをストッパーで止めた。近くの店で赤タマネギ100本と白タマネギ200本の苗を購入し、マルチの穴に植え付けた。これも簡単ではなく、腰を曲げる姿勢が負担となり、何回も休息しながら行う羽目になった。妻にこのことを話すと、「私は400本植えたことがある」と言って、私の努力をあまり評価してくれなかった。

しばらくして畑へ行ってみると、苗は元気に育っていたので安心し、充実感を覚えた。畑作業は予想以上に大変であることが分かったので、今後も気を入れて継続していこうと思う。冬の時期は草の成長が遅いので、あまり畑を見に行かなかったが、久しぶりに行くと、名前の分からない緑色の雑草が根をしっかりと張っていた。タマネギの苗の根元から生えている草は取り除く必要があるので、手で取り始めたところ、腰を曲げる姿勢がつらい。何とか雑草を除去してから、苗の近くに粒状の化成肥料をまいておいた。これも妻の指示によるものである。これを追肥と言う。これからは頻繁に畑へ行って草取りをしようと思っている。妻の話では、隣の旦那さんは毎日畑へ行っているので、草が生えていないそうだ。自分にも毎日草取りをせよということか。頑張ろう。

野菜作りは大変だけれど、野菜が成長する様子を見ていると楽しくなってくる。タマネギの収穫が待ち遠しい。収穫時期になったら、子どもたちにお裾分けしてやるのも楽しみである。これが野菜作りの醍醐味《だいごみ》かもしれない。

自宅の豊かな自然

自宅は高台の団地の隅にある。道を挟んで隣には岐阜県立の百年公園があり、その北入り口近くには県立の博物館がある。恐竜の骨格標本が展示してあり、恐竜の好きな子どもに人気があるようだ。孫娘は恐竜に興味があり、骨格標本を見てすぐに恐竜の名前を口に出して説明していた。恐竜以外にも多様な標本があるので、一度訪ねてみてはと思う。高台にあるが、急な坂道の横にスライド式のエレベーターがあるので、足の弱い高齢者などでも楽に行ける。

北入り口から左側へ進むとテニスコートがあり、そこから右へ曲がると子ども用の遊具があり、その広場の道沿いには大きなメタセコイアが数本そびえて立っている。メタセコイアは秋になると葉が黄色に変わり、とてもきれいな木に変身する。公園の外側にはサイクリングコースがあり、自転車は公園事務所で貸し出している。

南側の入り口から入ると、目の前に子どものための遊戯施設がいくつかある。夏になると、幼児用のプールで子どもたちが水遊びをしてはしゃいでいる。入り口から外周を右に向かって進んでいくと、4月ごろには桜が一斉に咲き、景色がピンク色に染まる。この公園の駐車場はかつて有料だったが、今は無料になっているので、土日になると満車になるほどだ。多くの家族連れや高齢者の仲間が集まってきて、にぎやかになる。

百年公園の周りには田んぼが広がっており、田んぼの間にある道は団地住民の散歩道として、多くの人々が朝や夕方に歩く姿が見られる。田んぼの中を一本の川が流れていて、この川に沿って散歩しているといろいろな動物や野鳥を見かける。例えば、ヌートリアが泳いでいたり、カモやサギが川で餌を捕っていたりする。めったに見られないが、カワセミが飛んでいくのを見かけることもあり、羽のブルーがとてもきれいで見とれてしまう。あまりいい気分になれないが、時々鳥の群れが電線に止まって何かの獲物を狙っていることがある。タカに似た鳥が電柱のてっぺんに止まって様子をうかがっているのを見たことがある。

6月の田植えが終わった頃になると、何羽ものツバメが田んぼの上をスイスイと飛び回っており、頭の近くを通り過ぎていく姿を見ると、以前からよく知っているツバメではないかと思うくらいである。飛び回っている姿を見ていると清々しい気分になる。

百年公園の南入り口までは自宅から5分程度で行ける距離であり、天気が良いときは妻と公園内を散歩している。公園の中はいろいろな植物が生えており、それを眺めながら歩いていると、森の中から何種類かの鳥の鳴き声が聞こえてくる。あの声は何という鳥だろうかと妻と話しながら歩いている。公園の中にはヒノキやスギの林があり、夏はこの林の中を歩くと涼しくて気持ちの良い森林浴になる。このコースを森林浴コースと名付けて、多くの人が利用するようになればよいのにと思う。日陰の土手にはキイチゴがたくさん実り、時々つまんで食べている。ある時期にはジャムにできるくらい採れる。自宅から近いので、あたかも自分の庭園のように利用している。知り合いには「百年公園は自分の庭である」と吹聴しているが、誰も信じていないようだ。

百年公園が指定管理者によって管理されるようになってから、フェンスの穴から公園内に入ることができなくなり、正門（南と北）から入るしかなくなった。管理はほどほどにして、特に団地の人にはもう少し利用しやすいようにしてもらいたいと思っている。

百年公園の中にはいろいろな道があり、40分コース、1時間コース、さらに長いコースと自分でコースを選択し、体力に合わせて歩くことができる。若い頃には南口から北口へ突き抜けて、外周の田んぼ道を通って団地へ帰ってきたこともある。外周にフジの花が咲いていていてきれいであった。

自宅の庭に目を向けると、妻が植えたバラが6月ごろに開花して、とても美しい風景になる。名前は分からないが、さまざまな花を植えており、初夏には咲き乱れる。実のなる木も何種類か植えてある。自宅を新築した頃はモモの木やカリンの木を植えていたが、枯れてしまい、現在はユズ、フェイジョア、サクランボ、カキ、ブルーベリー、ジュンベリー、ミカン、ウメなどが茂っている。果実の収穫時期が楽しみである。ジュンベリーは孫たちが好きであるが、この時期には家に来ないので、自分たちでつまんで食べている。ブルーベリーは毎年たくさん実がなるので、妻がジャムにして子どもたちに送っていて、好評である。自宅の庭で取れたブルーベリーのジャムは一層おいしく感じる。サクランボは鳥が来て食べてしまうので、最近は食べたことがない。フェイジョアは完熟して落ちた実を拾い、それをナイフで半分に割り、スプーンで中身をすくって食べている。最初は少しなじまなかったが、最近はおいしく食べている。これは孫娘が好きで、たくさん食べる。ユズは数多く実がなる年とそうでない年があり、多い時は100個ぐらいなることがある。この時は妻がジャムにして、パンにつけて食べている。ウメの木は以前多くの実がなっていたが、最近は実が少ないのでそのままにしている。息子が植えたカキの木にようやく実がつき、今年は10個ぐらいなったので、食べてみるとそれなりに甘かった。実がなる時期もそれぞれで楽しみである。これ以外に、鳥が種を運んできて自然に成長する木がある。あまり大きくなると困るので、時々伐採している。

家の中からガラス窓を通して庭を見ていると、いろんな鳥が飛んでくるのを確認できる。スズメ、メジロ、ヒヨドリ、カラス、ウグイス（声だけ）、ジュウシマツ、キツツキに似た鳥、名前が分からない鳥など、飽きることがない。これは一度きりだったが、シジュウカラが庭の木に取り付けた巣箱に巣を作ったことがある。隣の百年公園からいろいろな鳥の鳴き声が聞こえてくるが、鳴き声の主がどんな鳥であるかが分からないことが歯がゆい。鳴き声を入力すると鳥の名前が出てくるソフトができることを期待している。季節ごとに違った鳥を見ることができるのは、都会ではできない経験ではないだろうか。

自宅の自然環境はとても気に入っているが、これが当たり前の風景と感じると、その素晴らしさに慣れてしまいそうだ。高齢になると庭の手入れが大変になることからマンションに移り住む人もいるようだが、自分としては今の自然豊かな住まいで、妻と一緒に一生過ごせることを願っている。

肩書のない生活

大学に勤務していた頃は、名刺に教授、学部長、副学長、学長といった肩書が入っていた。名刺を受け取った人はその肩書を見て一定の人物評価をする。肩書から立場や役割を理解してもらえるので、いちいち説明しなくてもよい点は便利である。名刺は毎年100枚以上用意していたが、会議や来訪者があるたびに名刺交換をするため、すぐになくなった。一方で、受け取った名刺は山ほどたまり、大学を退職する時には捨てるのに苦労した。大学の研究室には、これまでに購入したり寄贈された書籍がたくさんあり、会議資料などもあふれていたが、これらは全て大学の図書館へ寄贈したり、ダンボールに詰めて廃棄した。研究室の中が空になると気分も楽になり、退職後の生活が待ち遠しくなった。

退職して肩書がなくなったので、名刺は不要になった。もっとも、名誉教授、名誉学長、名誉会員といった肩書は残るものの、名誉職は生活の中では何ら関係がなく、昔の痕跡くらいにしか考えていない。そのため、現在の生活の中ではただの老人として扱われている。

同窓会で会った友人が、「退職したら教育（今日、行くところがある）と教養（今日、用事がある）が必要だ」と言っていたのを思い出す。なるほど、有職の時期は毎日ルーティンと言える仕事があり、それをこなすのに追われていた。しかし、退職するとただの老人になるのでルーティンがなくなる。そのため、毎日自分で何をするかを模索しながら過ごすことになる。何をするかが見つからないと、気持ち的にも体力的にも衰弱していくように感じる。友人が年賀状に、「毎日が日曜日のようだ」と書いていたのが印象的だった。

退職後は大学関係者に会うこともなく、学会にも参加しなくなったので、名刺交換の場がなくなった。ある時、業者の人が名刺を渡してくれたが、こちらには名刺がないので、事情を告げて名前だけの自己紹介をした。

退職して1年間は生家の整理などで忙しく過ごしていたが、2年目になると時間的余裕が出てきた。何をすべきかと考えている時、これまで関市に住んでいたが、関市の情報をほとんど知らないというのが分かってきた。妻は関市が発行する情報誌をよく読んでおり、いろいろな情報を知っていた。これでは関市に住んでいる意義がないと考え、関市のホームページを見ていると、市議会の報告が掲載されていた。そこで、一度関市の市議会を見学し、どんなことが議題になっているか勉強しようと出かけた。尾関健治市長（当時）と市役所の関係者が市議会議員の質問に答えていた。しばらくして、関市のホームページで市議会の映像を見られると知り、2日分の映像を見た。この時点では何となく話の内容が小さいように感じた。関市の5カ年計画を見るといろいろな施策が書かれていたので、これを読んで勉強しようと思った。関市は東西に長く延びた地形であり、それぞれの地域特性があるので、一つの方向を定めるのが難しいのではないかと感じている。市長のこれからの努力に期待したい。

関市の観光案内を見ていて、まだ行ったことのない場所がいくつかあることが分かった。その一つが三十三観音塔である。これについては全く分からなかったので、車でその場所を探しながら出かけたが、結局一つの塔しか見つからなかった。この観音像は質素で、目に付きにくい場所に設置してあった。これ以外にも多数の観音像があるとされていたが、見つけることができなかった。関市には派手ではないが、興味をそそられる観光資源があることが分かってきた。これからも自分の知らない観光資源を探しに行こうと思っている。

関市の図書館が市役所の横に併設されているので、この図書館を利用して勉強しようと考えた。2回目に訪れた時、「ベスト・エッセイ」という本を見つけた。これはシリーズもので、多くの作家のエッセーを掲載している本である。これを読みながら、これまでの経験を基にして、自分なりのエッセーを書こうという気持ちになってきた。ただ、いざ書こうと思っても、よいアイデアが浮かんでこない。そこで、以前に暇に任せて書いていたエッセー文に加筆して、そこから始めてはと思うようになった。これまで書いていたエッセー文はその時々の話題に対する自分の思いを書いているので、時間差が生じるが、とにかく書いてみることにした。これがまとまればエッセー集として出版したいと意気込んでいる。

地域の図書館の活用

最近になって、地元にある図書館を利用するようになった。

大学に在籍していた頃は、もっぱら専門書を中心に、購入して読んでいた。そのため研究室の本棚は専門書でいっぱいになっていた。専門書を読んでいたといっても、実際は必要な部分だけを抜粋して読むだけだった。研究論文を書く場合は科学雑誌の論文を読むため、必要とする論文をインターネットで検索し、取り寄せていた。そのため、研究の面では図書館はほとんど利用していなかった。退職する時、それまでに購入した本はほぼ大学の図書館に寄贈してきたので、自宅には20冊ぐらいしか残っていない。

大学を退職してからは、専門の書籍とは違ういわゆる文系の本、例えば小説などを読んでみようと思い、関市の図書館へ行って書籍を閲覧するようになった。そんな時、目についたのが「ベスト・エッセイ」というシリーズである。本を開いてみると、短編の文章で、多くの著者が思い思いにエッセーを書いていた。早速、3冊借りて自宅で読んでいたが、さすがに小説家の文章は読みやすく、文章の中に入り込んでいった。書かれている内容は多岐にわたっていたが、このくらいの内容や量であれば自分の経験の中にもあると思いながら、表現の仕方に注意して読み続けた。そのほかに、池波正太郎、遠藤周作、五木寛之、石原慎太郎、伊集院静、佐藤愛子などのエッセーを借りて読んでみた。遠藤周作や伊集院静の書きぶりが気に入っているが、自分流の文章で、過去の経験に基づくエッセーを書いてみたくなった。

地元の図書館は自宅の近くなので気楽に行くことができ、返却期限内に読み切れる量の本を借りて勉強できるので、重宝している。大学に勤務している時は図書館の存在を軽視していたが、退職してからは自分の書棚のような感覚で大いに活用している。これからも多くの本を借りて読もうと考えている。

この図書館の書棚は著者別に整理されており、「あいうえお順」に並べてあるので、本が探しやすい。ただし、著者の本が少ない場合は、よく目を広げて探さないと見つからない時がある。最近は探し方が分かってきたので、すんなりと自分の希望する著者と本が見つかるようになってきた。少し前に、著者と著書の名前は分かっていたが、どこにあるのか分からないことがあり、図書館の係員に聞いてみたところ、若干古い本だったので、書庫の奥へ行って探してきてくれた。図書館のパソコンでも検索できるので、今後はこのシステムを利用しようと思う。図書館には専門書は少ないが、小説などは自分の能力に相応する量が置いてあるので、大いに利用しようと思う。地元の図書館は自分にとって貴重な書棚になりつつある。

実は、これまでの経験に基づくエッセーを書こうと思っているが、その書き方や出版の手続きなどについては全く分からない。そこで、岐阜新聞社前社長の碓井洋先生（現在は中部学院大学特任教授）に相談したところ、同社に出版室があり、この担当者に相談してみることになった。後日、碓井先生から出版室を紹介してもらい、出版までの手順や予算などについて聞くことができたので、これを参考に書き進めることにした。いっそう図書館を利用することになりそうだ。

同窓生との交流

東京教育大学柔道部の同期生は８人いる。本村清人君、遠藤隆君、小林達夫君、寒川恒夫君、楠戸一彦君、佐々木信雄君、大谷和寿君と私である。合宿などで寝食を共にした仲間である。８人とも出身地は異なっており、本村君は佐賀県、遠藤君は札幌市、小林君は長野県、寒川君は和歌山県、楠戸君は岡山県、佐々木君は東京都、大谷君は島根県、私は岐阜県と全国各地から来ていた。この大学に全国から学生が集まってきていたことを反映している。

卒業後はそれぞれ就職・進学し、独自の道を進んでいる。卒業後10年ぐらいの間に全員が結婚した。暗黙の了解の下に、結婚式には同期生全員が出席し、学生時代の宣揚歌「桐の葉」を歌ってきた。遠藤君、寒川君、佐々木君は東京で結婚式を行ったが、他の５人は地元で行ったので、旅行を兼ねて出席した。私は関市の結婚式場で行ったが、今その式場はなくなっている。全員が結婚し、同期生が集まる機会がなくなってきたこともあり、しばらくしてから、同期会を数年ごとに行うことが提案された。幹事を決めて、それぞれの出身地で開催してきた。同期会には奥さんを同伴し、和気あいあいの懇親の場になった。私は大学の仕事の関係で2回ほど欠席したのを除き、毎回参加してきた。残念なことであるが、メンバーのうち大谷君が病気で亡くなったという知らせが届いた。ご冥福をお祈りいたします。

新型コロナ感染拡大のため、しばらく同期会も開催できないでいた。しかし、感染も下火になってきたので、東京在住の本村君が幹事となって、２０２２年11月30日に東京で開催することになった。それぞれに事情ができ、今回は奥さんを伴わず、男性のみで行うことになった。

参加したのは本村君、遠藤君、楠戸君、小林君、寒川君、私の6人である。いつも同期会でにぎわしく騒いでいる佐々木君は、入院中で参加できないという。

会場（宿泊場所）は、御茶ノ水駅近くにあるホテル東京ガーデンパレスである。本村君が会場の設営準備を行ってくれた。夕食を取りながら懇談した後、一つの部屋に集まって、アルコールなどを飲みながら歓談した。各自が近況報告をしてから、皆、後期高齢者になっているので、話の内容は今の生活状況などが中心となった。話が進むにしたがって、昔の思い出を振り返りながら、今後のことについて語り合った。本村君は退職したばかりで、特別に職に就いてはいないという。遠藤君は退職後、T大学のバドミントン部の監督として、無給で指導している。楠戸君は広島大学をすでに退職し、奥さんと農業を営んでいる。寒川君は早稲田大学を退職後、静岡県浜松市のS大学に週3日通っているという。小林君は長野の信濃毎日新聞社を退職して、年金生活を送っているようだ。私はこの年の3月で退職し、ようやく年金生活に慣れてきた状況にある。いずれにせよ、全員が後期高齢者になっていることは間違いなく、社会では老人扱いされているのだろう。

午後11時ごろに、飲み会を終えて寝ることになった。いびきをかくと伝えてから布団に入ったが、私より早く隣に寝ていた友人が大きないびきをかきだした。いびきのリズムを聞いていると、無呼吸状態になり、酸欠になると突然いびきとともに呼吸をし出すということを繰り返しているようだった。自分も同じような状況でいびきをかいているのかもしれない。翌朝はなんとなく寝不足だったが、ホテルの1階にあるレストランでバイキング形式の朝食を取った。

この後、小林君は事情があって早めに帰っていったが、残りの5人は近くの六義園などを散策しながら、不忍池の近くにある東天紅（中華料理店）へ行き、昼食を取った。東京にも広くて立派な庭園があるのだと思いながら散策した。昼食後はそれぞれ帰宅の途についた。

私は妻から、御徒町の菓子専門店でリンツのチョコレートを売っていると聞いていたので、その店を探したが、見つからなかった。仕方がないので、アメ横の商店街を通りながら上野駅へ行き、そこから東京駅へ向かった。アメ横は相変わらずにぎやかだった。午後3時33分発の新幹線に乗って、自宅に向かった。自宅には午後7時ごろに到着した。

卒業して50年以上になるが、学生時代の記憶は懐かしく思い出される。各地で行った合宿、団体戦の思い出、新入生の頃の出会いの時期、コンパの思い出……いくつも浮かんでくる。

同期会の数日後に楠戸君から送られてきたデジタル写真を見ると、やはりみんなそれなりに年をとっている様子がうかがえる。自分もそうであるが。これからは寿命を見据えながら生活することになり、一年一年が大切になると感じている。今回参加した同期生はそれぞれの生活を送っているので、まだしばらくは同期会を継続できそうだ。それにしても、佐々木君の病気の状況が心配である。回復することを祈っている。

話は変わるが、同じ年の8月はじめに、関高校柔道部の同窓会を行った。メンバーは8人であり、中には30年ぶりに会った小柳俊明君や10年以上会っていなかった村瀬隆治君もいた。ほかに山田哲夫君、石田尚文君、奥田邦夫君、篠田充広君、伊藤誠剛君が集まり、村瀬君の奥さんが経営している関市内の店（和おん）で、情報交換しながら懇談した。健康のことから過去の思い出話まで、楽しく会話が弾んだ。食事を終えてから、近くのスナックへ行って、カラオケを歌いながら思い出話に花を咲かせた。

同窓生というのは、何歳になっても学生時代と同じ雰囲気で話ができるものである。また、同様に年を重ね、安心して人生の話ができることに気付かされた。今後も変わらず付き合っていきたいものである。

70歳を超えてくると、長生きをするために健康に注意するという人が多くいると思うが、人生において長生きすることが良いことなのか、いまだに分からないのが今の自分である。生きがいを持つことが大事であり、生きる目的がないと長生きは無意味になるのではないか。最近は、孫に会って話をしている時間が楽しく感じるので、今後は孫とどのように付き合うかを考えていこうと思う。

同窓会から数年経過したが、関高校柔道部の同窓生の奥田君が亡くなり、最近になって石田君が亡くなったという連絡があった。石田君の葬儀に出かけたが、急なことで、家族も少し混乱しているように見えた。同級生の訃報は他人事と思えず、胸にこたえる。

高賀水

人体の70％は水分で構成され、3日間水を摂取しないと生命の危険にさらされるといわれている。そのため、人間は毎日水分を摂取する必要があるが、せっかく水を飲むのなら、よりおいしい水を飲む方が良いに決まっている。では、おいしい水はどこにあり、どのように入手できるのだろうか。

実は、私の住んでいる関市の水道水は、東京と比べるとまろやかでおいしく飲むことができる。東京に住んでいる子どもが帰ってきては、「関の水はおいしい」と言っている。関市の水道水は地下水をくみ上げているということだ。そのため、消毒用の塩素のにおいは全くしない。私はミネラルウオーターと変わらないと感じて飲んでいた。ところが、息子が関の高賀水がさらにおいしいということで、ポリタンクに取りに行ったことがある。妻の話では、シドニーオリンピックのマラソンで金メダルを取った高橋尚子さんも飲んでいたという情報が流れ、一躍、全国的に有名になったということである。事実、インターネットで調べると、そのように書かれていた。

高賀水は「高賀の神水庵」（岐阜県関市洞戸高賀）へ行き、１００円を入り口で払えば、自由にくむことができる。私は時々、妻と20リットルのポリタンク二つを持参して、高賀水を満杯に入れて持ち帰っている。確かにまろやかでおいしいので、ペットボトルに入れて飲むほか、料理をしたり、コーヒーを沸かしたりするのに利用している。

１９９９年に奥長良川名水館が完成し、そこで非加熱無菌充填《じゅうてん》方式により、この水をペットボトルに詰めて、「奥長良川高賀の森水」という商品名で売り出した。この会社によると、水は硬度８で超軟水の弱アルカリ性ということである。96年に地元高賀神社の氏子らが高賀神社の参道脇（高賀谷戸）に地下約50メートルの井戸を掘り、宮水として使用したのが始まりということである。この時の水の噴出量は毎時３トンといわれており、高賀の「ふくべ霊水」と命名した。それ以来、「高賀水」

と称して、多くの人が利用している。私が高賀の神水庵へ水を取りに行くと、既に何台かの車が止まっており、中には県外の車も見られる。ここの水の味を知り、リピートして来る人が多いのではないだろうか。地元の喫茶店の中に、「高賀水でコーヒーを作っています」という触れ込みをしているところもあると聞いたことがある。

「高賀の神水庵」から車で山頂に向かって上っていくと、高賀神社の山門が見えてくる。関市のホームページで、高賀神社の由来について説明されているので見ていただきたい。

この神社以外に6社が設けられている。さらに、この神社の階段の横に、「さるとらへびの伝説」にちなんだ銅像が置かれている。気候が良ければ、高賀山の登山も楽しめると思う。近くにはエメラルド色の水が流れる渓流があり、自然の景色が美しい場所でもある。

温泉でリフレッシュ

岐阜県には温泉がたくさんある。下呂は全国でも有名な温泉地として知られており、ここを流れる川の両岸にはホテルや旅館が集中している。また、奥飛騨温泉（平湯温泉、新平湯温泉、福地温泉など）は高山市中心部から1時間ほど山の中へ行くことになるが、雰囲気の良い温泉地であり、旅館やホテルが散在している。退職する前はこれらの温泉へ行って、おいしい料理と温泉浴を楽しんでいた。

退職後は有名な温泉地ではなく、近くの温泉へ妻と出かけている。テレビの情報で知ったのであるが、ラジウム温泉が有名だということで、恵那市の湯之島ラジウム鉱泉保養所（通称：ローソク温泉）へ行ってみた。ここでは、初めて入浴する人は、店主から入浴の方法などの説明を受けることになっている。10分程度入浴して、いったん休憩してから再度入浴することを3回行うのが通例であるようだ。最初は午前中に1回入浴し、温泉の近くを散歩しながら休憩し、昼食を食べた。しばらくしてから再度入浴した。3回目はのぼせそうだったので、2回で終了した。

入浴中、温泉からラジウムを含む湯気が出ているだろうと思い、味も匂いもしない湯気を吸いこんだ。初めはぬるい湯に漬かり、5分ぐらいしてから温度の高い方の湯に漬かるという順番で入浴した。風呂から出る頃にはかなり汗が出て止まらなかった。休憩中にラジウムを含む湧水を飲んだが、冷たくておいしかった。

この温泉には保養施設があり、寝泊まりができるようになっている。そのため、県外各地から、特にがんに罹患《りかん》している人が来て、温泉に入りながら療養している。自分もがんを患ったら、ここで療養することになるかもしれない。これまでに4回ほど行ったが、山の中に位置しており、休養するのには適した場所だと思っている。この温泉に入ってから車で1時間ぐらいかけて帰宅しても、まだ体が温かく感じるので、効果があるのだと実感している。

自宅から車で1時間30分以内に行ける温泉は県内各地にたくさんあるが、その中で気に入っているのは馬瀬川温泉美輝の里である。この温泉はダム湖の周囲の曲がりくねった道を進んでいくと到着する。ホテルも併設され、宿泊ができる。アルカリ性単純温泉(高アルカリ性、PH9・69)であり、ヌルヌルしていて下呂温泉と似ている。解説書によると17種類の浴槽があるということだが、実際に入ったのは5種類ぐらいである。温泉に入ってから、ホテルの食堂で昼食を取るのだが、8月ごろには近くの馬瀬川で取れる天然の鮎の塩焼きを食べることができる。一度天然の鮎と養殖の鮎を食べ比べてみたが、確かに天然は身が締まっていておいしかった。馬瀬川の鮎は県内では一番だといわれている。温泉に入った後は気分が爽快になり、温泉の効果を感じる。

退職する1年前に自宅の改築を行った。自宅で生活しながら改築作業を行うので、何かと不便な生活が続いた。特に風呂が使えない期間は近くの銭湯へ行って、入浴後にレストランで食事をして帰宅していた。半年ぐらいかかって改築が終了し、新しい風呂に入ってゆったりできるようになった。以前の浴槽より大きいので、気分良く入浴ができるようになった。また、以前は風呂の室内が寒かったが、新しい風呂には暖房が付いているので、寒さを感じずに入ることができる。やはり自宅でゆっくりと風呂に入ると、精神的にリラックスできる。

最近頻繁に行くようになったのは関市の上之保温泉（通称：ほほえみの湯）だ。自宅から45分ぐらいで行けるので、秋になってからは、週3回ぐらいの頻度で妻と出かけている。泉質はアルカリ性単純温泉で、肌に効果があるようだ。室内風呂と露天風呂があり、湯はいつもきれいで感じが良い。おおむね20分入浴してから出るが、妻はもう少し時間をかけるので、私は外の椅子に座って、ジュースを飲みながら待っている。湯から出た時に飲むジュースや水はいつもよりおいしく感じる。

温泉の食堂で昼食を取ることもあるが、帰る途中にある道の駅平成でシイタケ丼を食べて帰ってくることが多い。シイタケに厚みのある時は特においしい。帰宅しても体が温かく、爽快な気分でいられるのは温泉の効果であると思う。土日になると駐車場は車でいっぱいになり、名古屋ナンバーの車も多くなる。県外の人もこの温泉の魅力に引かれて来るのだろう。

温泉の効用については、情報誌に疲労回復、血行促進、冷え性対策などが示されている。私自身が体感した効果としては、体が温かくなり、血行が良くなって、リフレッシュできることである。温泉のリフレッシュ効果は何といっても最高である。

ほかに行ったことのある温泉は、池田温泉、谷汲温泉、子宝の湯、神名温泉、武芸川温泉である。これ以外にもたくさんの温泉があり、そのうちに時間をかけて温泉巡りをしてみたいと思っている。地方の温泉には多くの高齢者が来ており、温泉を一種のサロンとして活用しているのではないかと思われる。温泉でリフレッシュする感覚は誰もが同じように持っているのであろう。

野良猫の行動

自宅の周りには野良猫が2匹歩き回っている。餌を求めて歩き回っているのだと思い、近くに来た時に食事の残りを窓の外に放り投げておいたところ、いつの間にかなくなっていた。野良猫が食べたのだろう。

自宅に来る野良猫の1匹は茶色の三毛猫ミケで、もう1匹は黒色と白色のまだら模様のノラである。ミケは大人しくて気が小さい。ノラはガラス戸を開けると、最初に「シェー」と威嚇してくるが、しばらくすると甘えるような鳴き声に変わる。そんなこともあってか、ノラはあまり好かれておらず、餌も与えられていないようだ。ミケは妻がかわいがっており、「ミーチャン」と呼んでいる。ミケは戸を開けると部屋に入ってくることがあり、「何か食べ物をくれ」と言わんばかりに、妻にまとわりつく。

こんな状況が続いていたが、ある日私が2階から降りると、ミケが妻の膝の上に大人しく座りこんでいるのが見えた。ミケは妻には慣れてきたようで、妻が車で帰ってくると、すぐにそばへ寄ってくる。私にはそんなに懐いておらず、ある時ミケの目を見つめていると、急に走って逃げて行った。このことを妻に話すと、猫は目を見つめられると怖がるのだという。それ以来、目を凝視しないようにしている。

私が車で帰ってきた時、ミケが道を歩いているのを発見したので、「オイ」と声を掛けると、一瞬振り向いたが、すぐに知らん顔して歩いて行ってしまった。なんともつれないしぐさであった。しかし、私にもミケがすり寄ってくることがある。それは、煮干しを餌として床に置く時である。煮干しは大好物なようで、どんな時にも食べてくれる。時々軟らかい魚の皮なども放り投げているが、軟らかいものは食べにくいのか、残すことがある。とはいえ、そのま

ミケ猫

まにしておくと、いつの間にかなくなっているので、食べているのだと思う。

ノラの方は餌をほとんど与えないので、仕方なくどこかへ出かけて行くようだ。でも、庭に置いてある台の上に横たわって寝ているのはよく見かける。熟睡しているような姿勢なので、安心して寝ているのかもしれない。以前、別の野良猫が来て、ノラと向かい合って大きな声を出していた。しばらくその様子を観察していると、最終的にノラがよその野良猫を引っかいて、追い返してしまった。この時、ノラは強いのだと分かった。これに対して、ミケは周りを気にしながら、時には別の猫に追いかけられている。情けないミケである。

自宅前の畑に刈った草が集めてあり、天気が良い日はその上にミケが寝ていることがある。猫の習性だろうか。寝ていてもすぐに起き上がり、どこか別の場所へ移動してまた寝る。猫は一定の場所にじっとしていることができないのではないだろうか。庭の横にある畑の土は軟らかいので、時々野良猫が来て土をほじくり、そこにふんをしてから、かき出した土を被せている。ちゃんと後始末をしているのだと感心した。

猫を飼っている隣の奥さんの話では、野良猫が繁殖しないように避妊処置をする活動があるという。避妊処置を終えた猫の耳には三角形の小さな切れ込みを入れる。そこで、ミケの耳を見ると切れ込みがあったので、避妊処置ができていることが判明した。そういえば、以前は団地の中を野良猫の子どもがうろうろ動き回る姿を見ることがあったが、最近は見かけなくなった。これは避妊処置の成果かもしれない。

妻の話では、知り合いの高齢者夫婦が猫を飼いたいと思い、ペットショップへ行って猫の子どもを買おうとしたが、夫婦の年齢を聞いた店の人から、「お宅には売れません」と言われたという。確かに、猫の子どもの寿命より高齢者夫婦の寿命の方が短いことが予想されれば、世話ができなくなる恐れがある。高齢者になると、動物を新たに飼うこともできなくなるようだ。

自宅の周りに現れるミケと共に暮らすのは、どこにも迷惑をかけないので安心である。今を楽しむことにする。

お酒が飲めない

いつ頃からだろうか、アルコールが全く飲めなくなった。いや飲もうとしなくなったというのが正確な表現かもしれない。35歳ごろまでは、学生などとの付き合いでビールをコップ一杯ぐらいは飲んでいた。最初に乾杯をする時、コップにビールがつがれてくるので仕方なく飲んでいたが、うまいとは思わなかった。学生の頃に体がアルコールを受け付けないことが分かったので、無理して飲むことはないと決めていた。

それでも若い頃は酒を飲む機会が多く、二次会、三次会と付き合うことが頻繁にあった。そのため、一時期は少しでも酒が飲めるようになろうと努力したが、結局駄目であった。こんな経験をして、酒を飲めない自分の体質を周りの人たちに理解してもらうことにした。

40歳ごろになると、アルコール類は全く飲まないことを周りの仲間たちも理解してきたようであり、勧められることはなくなった。懇親会などの場でアルコールが出ても、ウーロン茶を飲みながら会話に参加していた。

ある時期からノンアルコールのビールが発売されるようになり、これであればと思って飲んでみたが、当時のノンアルコールビールにはわずかであるがアルコールが入っており、酔ってしまったことがある。これに懲りて、しばらくはノンアルコールビールも飲まなかった。その後、全くアルコールが入っていないビールが出始めたので、これを飲んでみると、確かに酔わなかった。それで安心してノンアルコールビールを飲んでいたところ、ある懇親会で、私の飲みかけのノンアルコールビールのコップに、誰かが間違えて普通のビールを入れてしまった。それを飲んでびっくりし、以後はビール風味の飲み物はやめ、ウーロン茶に限定して飲むようにしてきた。ウーロン茶であれば、ビールのつぎ足しはしないと思ったからである。

酒が飲めなくても、みんなと話をするのは嫌いではない。アルコールの入っている人と話すのは楽しい雰囲気になることから、懇親会などには積極的に参加するようにしている。酔っ払いと話をしていると、こちらも楽しくなってくる。

40代の時に、福岡へ出張した。夕方から街へ出て歩いていると、屋台が何軒もあり、客はおいしそうに焼き鳥を食べながら談笑していた。一人で屋台に入りたかったのだが、酒が飲めないので、あきらめて普通の食堂へ入って食事をした。こんな時は、酒が飲めればと思う。屋台などへ行く場合は、必ず酒が飲める仲間を誘うことにしている。最近はノンアルコールビールが出てきているので、一人でも屋台へ行けるのかもしれないが、まだ勇気が出ない。

私が酒を飲めないことを知らない人は、お歳暮などにビールを贈ってくれることがある。私は飲めないが、妻は飲めるので問題はない。妻は一人で晩酌をしている。時々息子が来ると、一緒にビールを飲んで楽しそうに話をしている。しかし、私はその仲間に入れなくて、テレビを見て過ごすことがよくある。酒を飲む人は食事に時間をかけるので、私は自分の食事が終わるとすぐに別室へ行って、一人でコーヒーを飲みながらテレビを見ている。妻としては不満だろうが、今はあきらめて一人で晩酌をしている。そういえば、結婚式では酒が出てくるが、私につがれた酒は隣の妻に回して飲んでもらっていたのを思い出した。もちろん、こっそりとであるが。

私は体つきから、よく酒豪のように見られるので、慣れない場では私が酒を飲めないことを知っている仲間をそばに連れてきて、確かに飲めないということを知ってもらうようにしている。体質が酒を拒絶するので、これからも酒が飲めない人として過ごしていくことになる。

でも、心の中では、酒が飲めるようになりたいという願望を持っている。

スポーツ指導と研究

後ろ受け身の効用

人は立位姿勢で歩いたり走ったりして移動している。そのため、つまずいたりして転倒という災難に遭うことがある。前方に転倒する場合は、手が先に出るので顔面を地面などに直接ぶつけることは少ない。一方、後方へ転倒する場合は、手を出しにくいので、後頭部を直接地面や床にぶつけることが多い。後頭部は衝撃に弱いので、転倒の際に後頭部をぶつけないようにすることが安全上重要になる。では、どうすれば後頭部を打たないようにできるかであるが、それには柔道の受け身が適当である。

受け身は柔道の基本動作である。柔道の練習では、投げられることを前提としているので、投げられた時に自分の身を守ることが重要な意味を持ち、受け身は必須の基本動作（技術）となっている。受け身には、後ろ受け身、横受け身、前受け身、前方転回受け身（前回り受け身）の4種類があり、初心者は後ろ受け身から練習を始めるのが普通である。どの受け身も体が畳とぶつかるため、体に受ける衝撃はかなり強く、衝突部に痛みを感じる。そのため、受け身を嫌う人がいることも事実であるが、必要だと思って実行せざるを得ない。初めのうちは、受け身に慣れることが柔道練習の目的となる。受け身の練習を繰り返していると、次第に体に受ける衝撃が弱く感じられるようになり、積極的に受け身をしようという意識が生まれてくる。

柔道指導を30年以上継続してきた経験から言えることであるが、初心者に後ろ受け身を指導する際に最初に説明することは、仰向けになって腕全体を畳に弾ませてたたくようにすることである。腕全体といっても、腕（上肢）は上腕、前腕、手の3部位で構成されており、それぞれが関節（肩関節、肘関節、手関節）で連結されているため、腕全体という感覚が理解できないかもしれない。腕の力を抜いて、腕が自然に畳に当たるように打ち下ろすと、腕全体が畳に当たる感覚になる。腕全体を畳に弾ませるように打ち付けることにより、衝撃が腕全体に分散することになる。

腕に力を入れると、どこかの部位に衝撃が集中するので、上手な受け身にならない。

後ろ受け身で重視することは、後頭部を畳にぶつけないことである。人間には緊張性頸反射という反射機能が備わっている。頸部を前屈すると両腕が屈曲し、反対に頸部を後ろへ反らすと両腕が伸展する。無意識に発生する自然な動きである。後ろ受け身の場合、この反射機能と逆の動き、すなわち頸部を前屈しながら腕を伸ばすことになり、自然な動作にならない。そのため、初めは意識してこの動作を繰り返すことが必要となる。例えば、そんきょの姿勢から後方へ転がりながら後ろ受け身をする場合、初心者や頸部の筋力が弱い人は頸部を前屈しながら腕を伸ばすため、後頭部を畳に打ち付けることが多々生じる。たとえば大内刈りで投げられた時は後ろ受け身になるので、後ろ受け身を軽視しないで十分に練習する必要がある。ある程度柔道指導を行った段階でも、大外刈りで投げた際に引き手を引き付けないで投げると、後頭部を打ち、脳しんとうを起こすことがある。投げ方にも問題があるが、後ろ受け身がしっかりできていれば後頭部を打つことはなくなる。高段者であっても、形などの練習中に後ずさりしながら速度を上げて後ろ受け身をする場合があるが、その際に脳しんとうを起こしたのを見たことがある。有段者であっても後ろ受け身の練習は十分に行う必要がある。柔道未経験者においてはなおさら、後ろ受け身の練習は身の安全上必要な技術である。後ろ受け身を学校教育の中でしっかりと修得しておくことが期待される。

後ろ受け身は柔道に限らず、普段の生活の中でも身を守ってくれる技術である。

国民体育大会に参加して

岐阜県の体育協会（現スポーツ協会）の役員（理事、競技力向上委員長など）をしていた時に、毎年国民体育大会（秋季）へ参加していた。大会は２週間ほど行われるが、私は大学の職務があるため、２泊３日程度参加していた。そんな中で印象に残っている出来事について触れることにする。

開会式では、陸上競技場のサブグラウンドに各県の役員と選手が集まり、入場行進に向けて態勢を整える。行進は号令に合わせて行うのが恒例になっているので、入場前に練習をする。私は小学生以来行進をしたことがなかったので、とにかく号令に合わせて歩いていた。右手には岐阜県の小旗を持ち、しばらく歩いて競技場の正面近くまで行くと、天皇・皇后両陛下に向けて小旗を持ち上げる。正面を通過したら小旗を降ろして行進し、所定の場所に整列する。全員が整列した段階で、式典が行われる。式典の内容はどの大会もほぼ同じであるが、入場から退場するまでの時間が長過ぎると感じていた。特に行進の時間が長いことに困惑していた。他の人も私と同じ感覚であったのかもしれないが、ある時期から行進に参加する人数の制限が行われ、参加しない役員・選手は観客席で見ることになった。これで行進の時間が短縮され、式典も短くなった。

開会式の翌日から、役員や係員が分散して各競技会場へ行き、応援を行う。応援に出かける際に、大阪や神奈川など都市部での大会は公共交通機関を利用した。当時、岐阜県の役員の制服は、ズボンが真っ赤で上着は白色というデザインであった。行進の際は印象的で、事実、当時の岐阜県の行進の評価は高く、表彰を受けたこともあった。しかし、街中を歩くには派手な色使いで、国体にほとんど関心のないサラリーマンなどから

国民体育大会

は異様な目で見られていた。この周囲の視線にはなじむことができず、多くの役員から不評を買っていた。そのため、数年後には役員の服装が穏やかなデザインに変更され、これであれば普段でも着ることができると喜んだ。ところが、新しい制服を着て開会式の後に行われるレセプションに参加した時、同じ服の人が岐阜県役員以外にもいたので驚いた。陸上競技団体の役員であった。同じ服装はどうかと思うが、その後私は役員を辞めたので、どうなったかは定かではない。服装のデザインを考えるには、あらかじめコンセプトを確認して選定することが大切であり、実際には難しいことだと感じた。

大都市以外の地方の県ではホテルの数が少なく、各県から参加する競技関係者（選手など）を収容し切れないため、民宿を利用している。地域ごとに競技会場が設定されており、その近くの民宿に滞在した選手たちは、民宿の方々との交流が深まる。ファミリー的交流が行われ、試合の時にはその地域や民宿関係者が自分の県の選手以上に熱心に応援してくれる。競技が終了してからも、交流が続いているという話も耳にした。ところが、最近は選手が民宿を避けるようになっていると聞いた。そういう時代になっているのかもしれない。

ある時期、国体へオリンピック選手が出場しないことに対し、批判的意見が相次いだ。それを反省してか、多くのオリンピック選手が国体に参加してくるようになり、大会が盛り上がってきた。一方で、多くのオリンピック選手は大都市に在住していることから、東京など大都市ほど成績が良くなる傾向となった。そのため、1巡目の国体では開催県が天皇杯と皇后杯を獲得することが常であったが、2002年の高知国体から、必ずしも開催県がトップを取るわけではなくなってきた。岐阜県では12年に開催され2巡目の国体では、天皇杯と皇后杯を獲得している。私も役員をしていたが、各競技団体が選手強化に力を入れて頑張り、圧倒的な高得点を獲得した。開会式では、古田肇知事が炬火《きょか》ランナーとして参加し、話題になった。古田知事は1965年の第1回岐阜国体に最終炬火ランナーとして参加しているので、2回目の炬火ランナーを務めたことになる。

2回目の岐阜国体は役員として各競技会場へ行って激励を送ったが、どの会場も地域の人たちが選手の応援をしており、熱気がすごかった。競技種目は割り振られたものであるが、地域の人々を巻き込んで国体を盛り上げようとする企画は、それなりに成功したのではないかと思う。全国の競技関係者が岐阜県を訪れ、県のことをよく知ってもらえたことは大きな成果だと思っている。

第1回の岐阜国体の歴史を、岐阜県教育史（スポーツ史）の中で書いたことがあるが、関係資料を集めるのに苦労した。2回目の岐阜国体に関する資料は岐阜県庁のどこかに保管して、50年後には国体を含めたスポーツ史を編さんしてはどうだろうか。50年も経過すると、関係者もいなくなり記憶があいまいになるので、資料だけはしっかりと残しておくことが望まれる。

役員は退任したが、国体への関心は持っており、開催時期には毎年、国体のホームページを見ながら、岐阜県選手の活躍ぶりを見ている。2回目の岐阜国体が終わっても岐阜県選手は活躍しており、10から15位くらいの上位で頑張っているのを見ると、外野席からではあるが応援したくなる。関係者の努力に敬意を払いたい。

柔道で骨づくり

人生100年ともいわれる折に、骨粗しょう症に罹患する高齢者、特に女性の患者が増えてきている。女性は閉経後に女性ホルモンの分泌が減弱してくる。女性ホルモンは骨からカルシウムが消失するのを防いでいるので、これがなくなると、骨からカルシウムがどんどん失われていき、その結果として骨粗しょう症になる確率が高くなる。近頃の若い女性の体形を見ていると、スリムな人が目に付く。痩身《そう》というとは、体を支えている骨も細いと言える。若い時に骨を太く強くしておくことが、将来の骨粗しょう症の予防につながるので、痩せ願望はなくして、骨づくりの意識を持ってもらいたいと願っている。

では、骨を太く丈夫にするにはどうすればよいか。これには三つの要素が関係している。骨に対する物理的刺激、カルシウムの十分な摂取、日光に当たるという3

点である。もちろんこれ以外の要因も関係するが、自分の意思で骨を丈夫にするにはこの三つの要件が重要である。

骨は物理的な刺激が加わると、その部分が肥厚して強くなることが知られている。この生理学的原理を基にすると、柔道は骨を強化するのに都合の良い運動であると言える。柔道では投げる技術があると同時に、投げられた際の身の防御、すなわち受け身という技術が存在する。受け身の種類はいろいろあるが、いずれも身体が畳にぶつかる際に受ける衝撃を緩和する技術である。

初心者の段階では、衝撃を受け止めるのに苦労するが、練習を重ねていくと、次第に受け身により衝撃を軽減できるようになる。同時に、衝撃に耐える体に変化してくる。受け身に自信がつくと、強い相手と練習しても積極的に攻撃ができ、練習に熱が入る。何度投げられても繰り返し攻撃できる態勢ができてくる。このような練習を継続していると、身体に対する衝撃が骨全体に影響し、骨が厚く、強くなってくる。事実、各種スポーツ選手の骨密度を比較した研究では、柔道選手の骨密度が最も高かったという報告がある。確かに柔道選手の骨は強いと言える。

私が高校生の頃は、畳が硬くて、投げられると衝撃が強かったと記憶している。しかし、最近の畳は弾力があり、ソフトになっているので、初心者の女性でも受け身を積極的に行うことができる。女性が柔道の受け身を積極的に行っていると、閉経後の骨の弱化の予防になると考えられる。女性、特に若い女性に、柔道で骨づくりを行うことを推奨したい。

余談になるが、初心者に柔道の指導をする際、骨づくりの大事さを伝え、受け身の効果を説明すると、積極的に畳に腕を打つようになっていた。痛みがあっても我慢しているのだろうと想像しながら指導していた。何事も、嫌々やるより積極的に行う方が、効果が上がるのは自明のことである。

スポーツ少年団への思い

岐阜大学に勤務していた時に、岐阜県のスポーツ少年団の副団長を務めていた。その時期に、スポーツ少年団の50周年事業が長良川競技場で催され、私も役員として参加した。このようなイベントに数回参加してきているが、その都度、スポーツ少年団の在り方についての思いが沸々と湧き上がってくる。

元々、スポーツ少年団はスポーツに親しむ目的で、自然発生的に展開されてきたものだろう。日本体育協会（現在の日本スポーツ協会）の傘下にあり、全国的に活動が展開されている。少数ではあるが、熊本県のようにスポーツ少年団が存在しない県もあるという。

私の記憶では、かつてのスポーツ少年団は複合的にスポーツを行っていたように思うが、最近では単一種目になっているようだ。スポーツ少年団の目指すところはどこにあるのだろうか。単一種目、例えば野球、サッカー、陸上といった特定の種目に限定して指導する場合においても、小学生という発育段階にある子どもに対しては、技術的な指導だけでなく、正常な発達を促す配慮が求められる。大人と同じ論理での指導は、子どもの心身に障害をきたしやすくする。少なくとも、子どもと大人の身体的、精神的な違いに配慮して指導することが求められる。

スポーツ少年団の規定には「子どもの教育を行うこと」と示されており、学校での体育と同じ狙いを持っている。この規定を見ていて思うことは、これまでスポーツ少年団に所属していた子どもたちがどのような大人になっていったかを明らかにする必要があるということである。スポーツを行っていれば自然に人格が形成される、という考え方は必ずしも正解ではない。スポーツ少年団の指導者や子どもの行動を見ていると、スポーツ活動が人格形成につながるかどうか、疑義を持たざるを得ないことがある。このあたりでスポーツ少年団の在り方について再考してみる必要があるのではないか。私としては、スポーツ少年団の将来を考えるならば、指導者に対してどのような指導観を持っているかを問いたい。指導力と子どもに対する責任感を重視すべき時だと思う。

岐阜市の体育協会の会議に出席したとき、スポーツ少年団に入部すると、親は子どもが参加する試合や練習に出かけていくことが求められると聞いた。これを嫌った親は子どもをスポーツ少年団に入部させないという。これに対して、親が参加しなくても子どもの指導を行っている団体があることも知った。スポーツ指導に当たっては、家庭の事情を考慮して実施することが大切であろう。

今後、学校の部活動の指導を地域の人材に依頼し、教員以外の人が指導することになってくると予想されるので、スポーツ少年団の指導者は、これまで以上に教育的配慮のある専門的な力量を高めていく必要がある。同時に、継続して研修を行う必要がある。

話は変わるが、私の孫がさいたま市の浦和で野球少年団に入っている。ある時、孫の練習風景を見学したことがある。野球の基本であるボールを受け取ることと、ボールをバットで打つことの練習だったが、祖父の立場からすると、なんとも頼りのない動作に見えて仕方がなかった。しかし、指導者は子どもに対して技術を評価する言葉は一切掛けず、課題の運動、例えばバットでボールを打つ練習では、確実に打てるまで何回も打たせていた。子どもにとっては空振りで終わるのではなく、ボールにバットを当てたという手応えが残り、自分なりに達成したと思うのではないか。このクラスには上手な子どももいたが、上手でない子どもも一緒になって課題に挑戦していたように見えた。この指導者は個々の能力を大切にした指導をしていると感じた。

次の日に孫とキャッチボールをしようと思ったが、広場がなかったので、庭でフライを受ける練習をしてみた。グラブに手がなじんでいないせいか、うまく取れないことが多かった。祖父としては「しっかり取れ」と言いたかったが、辛抱して何回も同じことを行っていると、なんとなく受け取れるようになってきた。子どもの技術指導には忍耐が必要だと感じている。先を急がないで指導していくことが肝要ではないかと思う。

文武両道の指導

岐阜県内の柔道大会に参加していた時期のことである。大会関係者の会話の中で、「選手を強くするために勉強の時間は与えていない」ということを耳にした。これが事実なら悲しいことだと思った。私は高校、大学と柔道部に所属していたが、練習と勉学はどちらも一所懸命頑張っていたことを思い出す。

高校3年生の時（1965年）に、岐阜県で国民体育大会が開催されることになった。当時在籍していた岐阜県立関高校柔道部は13年間連続してインターハイに出場するほど、県内では圧倒的に強いチームであった。そのため、関高校の柔道部が国体の強化対象に指定され、厳しい練習が続いた。授業終了後、午後3時半ごろから高校生だけの練習を行い、夕方になると岐阜県警察機動隊の選手が来て、合同練習を行っていた。このような練習を繰り返し、国体前の1年間はほとんど休日がなく、修学旅行も返上して遠征試合に出かけたと記憶している。

当時の関高校柔道部部長であった鈴木輝雄先生の指導は確かに厳しかったが、私の人生にとって幸いだったことがある。それは、厳しい練習とは別に、勉強をする時間が与えられたことである。例えば、遠征試合にはテキストを持参し、列車の中で勉強したし、合宿では夜に必ず勉強の時間が確保されていた。練習後は疲れてしまい、勉強はおろそかになりがちであるが、たとえ30分でも集中して勉強することができれば、その効果は確実に得られると思っている。鈴木先生の勉強への配慮があったからこそ今の自分があるように思え、その指導には「文武両道」の精神があったと考えている。ここで間違えてはいけないことは、文武両道というのは文（勉強）も武（スポーツ）も優れているということではなく、両方とも一生懸命努力するという努力目標だということである。

大学に勤務していた時、柔道部の指導をしていた。その中に、柔道の練習ではいつも投げられてばかりいるが、大学の成績は優秀な学生がいた。柔道の練習は人一倍に頑張っており、陰ながら感心していた。この学生は卒業後、立派な社会人になり、人望を得て、役職にも就いたようだ。

スポーツの場面では、競技レベルがはっきりと目に見える差として生じる。また、高校では学業成績に差が生じることを誰もが認知している。しかし、ここで見られる差は単なる個人差であって、人間の本質を示すものではない。文武両道は前述のように、懸命に努力するという努力目標である。

ある時、インターネットの記事を見て感心したことがある。それはサッカーの青森山田高校の練習方法についてである。チームの山田武久監督によると、通常は午後3時半から練習を開始しているが、トップチームの選手は4時半から参加するという。彼らは図書館で1時間勉強に集中し、それからサッカーの練習を始めるのだという。トップを目指している監督は文武両道を大切にしていると感じた。ほかにも、特に進学校において、文武両道をモットーとしている学校がある。将来社会人となる高校生を指導するには、この文武両道の考え方が重要であり、どちらも一生懸命努力するよう導くことが指導者には必須の心得だと考える。

スポーツで負ける悔しさを知る

スポーツは競争（勝ち負け）が基本になっている。そのため、結果として勝つ者と負ける者が生じることは避けられない。勝った時は嬉しい気分でいっぱいになるが、負けた時は悔しく、涙が出てくることもある。テレビでいろいろなスポーツの試合を中継しており、勝ったチームが大声を上げたり、走り回ったりして喜びを表現する場面が見られる。一方で、私は負けたチームの選手がどのように振る舞うかに注目する。負けたチームには、泣いている選手や泣くのをこらえて勝者を見つめている選手もいる。整然と観客にお辞儀をするチームもある。こんな様子を見ていて、勝者より負けた側の選手の行動が重要ではないかと思うようになった。これは自分自身の柔道の試合の結果から感じることである。

私は中学2年生で柔道を始めて、高校、大学と選手として活動した。出場したうち、勝った試合はほとんど覚えていないが、負けた試合（インターハイで天理高校の選手に、岐阜国体で千葉県の選手に負けた）は今でも思い出すことができる。ある会合で、私に負けたことを思い出話のように述べる者がいたが、私の記憶にはなかった。

大学の団体戦ではほとんどが引き分けており、負けた記憶が少ない。大学生の時、日本武道館で行われた東京大会において、当時の優勝候補であった拓殖大学と対戦し、1対0で勝利した。選手7人のうち6人が引き分け、1人のポイントゲッターが勝利した。試合の前に、引き分けるにはどうするかということを考え、寝技で勝負しようということになった。寝技であれば投げられないし、4分間程度であれば対応できるからである。この作戦がうまくいった。大学生の頃は反則負けの条件が緩かったので、4分間の試合を引き分けることができた。今の審判規定であれば負けていたと思う。個人戦では負けることもあったが、負けた時は確かに悔しく、練習の仕方や考え方が変化するきっかけになったように思う。

よく「負けて強くなる」と言うが、確かに負けた時は悔しい気持ちになり、それをばねにしてより積極的に練習に励むようになるため、結果として強くなっていくと思う。これはスポーツの世界では当たり前の現象であり、社会でも同じようなことが生じるのではないか。

少年スポーツ大会では、勝ちにこだわり過ぎて負けた選手を叱りつける場面が見られるが、選手は負けを一番よく分かっているのであるから、指導者は悔しさをばねにして一層練習に励むよう仕向けることが大事だと思う。小学生には勝ちにこだわる指導ではなく、どうすれば強くなれるかに意識が向くよう指導していくことが求められる。ある時期から、柔道の小学生の全国大会がなくなった。これにより、小学生では全国優勝ができなくなった。小学生の時期は勝つことよりも負けることで本人の自覚が芽生えて、より一層基本練習に励むことになる。「負けるが勝ち」の精神で、日頃の練習に精力を注ぎたいものである。

話は少し異なるが、以前カナダのハミルトンに滞在していた時に、現地の柔道仲間から「柔道の少年大会がトロントで行われるので一緒に行こう」と誘われ、参加した。少年たちは熱心に試合を行っていたが、負けた少年は号泣して父親に抱きついていた。こんな光景がいくつも見られたので、カナダの子どもは負けることに対してかなり悔しい思いでいるのだと感じた。親は優しく子どもをねぎらっており、子どもも安心していたようだ。やはり負けた子どもに対しては心からねぎらってやるのが大切だと思った。日本の子どもの場合は、親があまりねぎらいの言葉を掛けないように感じる。子どもの努力を大いに認めてやる態度が必要だと思っている。

なわ跳び研究の魅力

なわ跳びは古くから親しまれてきた遊びである。一般的ななわ跳びは、なわの回旋と跳躍を繰り返す単純な運動である。跳び方は多数あり、また1人で跳ぶ短なわ跳びと、長なわを使って複数人で跳ぶ長なわ跳びがある。跳び方については解説書に譲ることにして、ここでは1回旋1跳躍という最も基本的な跳び方について話を進めることにする。

なわ跳び運動に私が関心を持ったのは、東京教育大学体育学部付属のスポーツ研究所（スポ研）の助手であった時に、なわ跳びに関する研究を始めたのがきっかけである。この時の部門主任は小川新吉教授であった。ある時、小川教授が「なわ跳びは有酸素的作業能力の向上に有効であるかどうか」を探るための研究費を確保された。早速、研究室のスタッフと研究計画を立てて進めることになった。

しかし、ここで大きな課題が生じた。これまでになわ跳び中の酸素摂取量を測定した研究がなく、参考となるデータや知見がなかったのである。見つけられたのは、なわを使わないで、腕の回旋と跳躍による疑似的ななわ跳びの測定データのみであった。

そこで、研究スタッフはなわ跳び運動中の酸素摂取量を測定するためのアイデアを考えていたが、ある時、小川教授がボールベアリングを回転軸に配列した部品を持参され、これで酸素摂取量を測定する方法を考えてみることになった。当時の酸素摂取量の測定はダグラスバッグ法（ナイロン製の大きな袋状のものを使用）であったので、ダグラスバッグに連結する蛇管を手に持ってなわを回転させる工夫が必要であった。最初はリングになわを取り付けてみたが、途中でなわが引っ掛かってしまう難点がった。そこで、小川教授の提案により、部品を蛇管に取り付けてなわを回してみると、スムーズに回旋させることができた。これによって、ようやくなわ跳び運動中の酸素摂取量の測定が可能になった。このときの測定風景（被験者は友人の大谷和寿君）は「体力科学」22巻（１９７４年）に掲載された論文で見ることができる。後に、これと類似した方法でなわ跳び運動時の酸素摂取量を測定した論文が、外国雑誌（ＡＣＳＭ）にも見られるようになった。

なわ跳び運動中の酸素摂取量の測定が可能となり、研究を次々と進めることになった。私も被験者となってなわ跳びを実施した。軽く考えていたが、実際にいろいろな速度で跳んでみると、かなりきつい運動であることを実感した。測定が終わった次の日には、足腰に筋肉痛が出て、起床時にしばらく動くことができなかった。他のスタッフの中には、既定の時間の運動を継続できなかった者もいたくらいである。

持久力の指標になる有酸素的作業能力を向上させるには、少なくとも5分間以上運動を継続する必要があると考えられていたが、有酸素運動の手段としてなわ跳びを利用する際に、対象者が一般人の場合は5分間連続して跳び続けることが困難であることが予見された。そのため、間欠的になわ跳び運動を実施し、合計5分間実施する方法に変更したと記憶している。強度の高い運動でも、間欠的に行えば運動量を増すことが可能である。この研究で採用したのは、30秒間の運動と30秒間の休息を10回繰り返す、または、1分間の運動と1分間の休息を5回繰り返す、という間欠的運動である。この組み合わせであれば、日頃運動習慣のない人でも十分に継続できることを確認した。

なわ跳びの研究を進める中で、たびたびなわを足に引っ掛けて失敗する被験者がおり、この失敗はどうして生じるのかが話題になった。原因を追及するため、16ミリカメラでなわ跳び運動中の動画を撮影し、バイオメカニクスの立場から分析しようとしたことがある。しかし、この課題を追究するには測定装置を考案・製作する必要があり、経費の問題もあって途中で消えてしまった。この課題は今でも明らかにされていないと思う。

中高年者を対象になわ跳び運動のトレーニングを行った時、一人の男性がなわ跳び中に頭痛がすると訴えたので、すぐに中止して話を聞いてみたところ、着地時に頭にドンという衝撃を感じるということであった。この男性の跳び方を観察すると、膝の屈伸がほとんど見られず、「ドスン」と着地していた。強い着地の衝撃を頭に与えてしまう跳び方になっていたと考えられる。同じ種類の跳び方でも、身体に与える影響は人によって大きく異なると言えそうである。

なわの回旋速度を3種類（1分間に96回、120回、156回）に規定して跳んだ時のエネルギー消費量を測定してみると、1分間に120回の回旋速度で跳んだ時のエネルギー消費量が最少を示し、効率的であることが分かった。この研究結果については「体力科学」に掲載されている。さらに追究するため、岐阜大学に移ってから、小学生がなわ跳びを自由に跳んだ時の回旋速度を調べてみると、1分間に110回～120回の回旋速度で跳んでいることが分かった。この結果から言えることは、なわ跳び（1回旋1跳躍）を自由に跳んでいるときの回旋速度は、おおむね毎分120回になるということである。体格の異なる子どもも大人もほぼ同じ回旋速度になることを示唆している。

スポ研に所属していた時からなわ跳びの研究に夢中になり、今でも研究課題が次々に脳裏に浮かんでくる。どこかでなわ跳びの研究を進めていきたいと思っていたが、大学の管理職に就いてからは研究の時間がなくなり、残念なことではあるが、途中で研究をストップせざるを得なくなった。しかし、なわ跳びについての関心がなくなったわけではなく、ある時、図書館で関連する書籍を探してもらった。というのは、日本でなわ跳びが行われるようになったのはいつ頃だろうかという疑問が頭をよぎり、いろいろと古い文献を探してみた。調べるうちに、樋口一葉の「たけくらべ」(1895年)に「なわ跳び」という遊びが出ていることが分かった。つまり、明治の頃にはなわ跳びが遊びとして行われていたことになる。江戸時代の遊びに関する資料を調べてみたが、なわ跳びに類する遊びは見当たらなかった。恐らく、日本では明治ごろから、なわ跳びが遊戯として親しまれ始めたのではないかと思う。

なにはともあれ、なわ跳び運動が遊びの一つとして今日まで発展してきているのは間違いないことである。このことからも、なわ跳び運動の特性を科学的に分析していくことには大きな意義があり、興味をそそられる。しかし、退職した今ではどうにもならない。残念である。

スポーツの力

誰が言ったか定かではないが、スポーツについて「たかがスポーツ、されどスポーツ」と言うのを聞いたことがある。確かに、スポーツは勝ち負けを争うことだけに力を集中するという点で単純である。一方で、それ以外の要素を多く含んでおり、社会的・経済的に重要な位置付けを確保している。

2024年の出来事として、メジャーリーグで活躍している大谷翔平選手のドジャースへの移籍が決まり、その契約金は1千億円超という信じがたい金額になった。今やスポーツの経済効果は無視できない規模になっている。野球、サッカー、バスケットボールなどで日本人選手が世界で活躍しているのは、頼もしく、喜ばしいことである。スポーツ選手の活躍は一般の日本人も感動を共有でき、気持ちもアクティブになってくる。

スポーツは選手を中心に考えられてきたが、近年は社会的影響力を考慮して、スポーツ庁が提示するように、スポーツを「する」「見る」「支える」という観点から積極的に推奨していこうという流れが出てきている。

スポーツの祭典として世界的に認知されているのが（近代）オリンピックであろう。オリンピックは１８９６年にピエール・ド・クーベルタンによって創設されて以来、今日まで4年ごとに開催されている。クーベルタンのオリンピックに対する考え方は、世界の国から差別なく参加し、平和を願うことであった。第1回のオリンピックはギリシャで開催され、この時の参加選手は２４１人、参加国も43カ国と少なかった。これが次第に多くなり、大会規模も大きくなってきて、２０２１年に開催された2回目の東京オリンピック（第32回大会）では参加国が２０６カ国、参加選手数は1万１４２０人となった。もっとも、この大会は新型コロナウイルス感染症の影響で1年遅れて、しかも無観客で開催され、これまでに例のない大会になった。

オリンピックが大規模になるに伴い、財政的な課題が生じてきて、１９７６年の

第21回モントリオールオリンピックは赤字という結果になり、オリンピックは負の財産になるという状況が見えてきた。しかし、84年の第23回ロサンゼルスオリンピックではオリンピック委員会会長の意向もあり、商業主義の大会に変化して、財政的に大きな黒字になった。これ以来、オリンピックはもうかるイベントとして、各国が競って誘致しようという流れになった。オリンピックにプロの選手が出場できるようになってきたこともあるが、スポンサー契約による宣伝効果を期待して、企業から大きな金額が提示されるようになったことが、商業主義化の大きな要因である。経済効果が大きくなったことで、一つの都市だけでは開催できない規模となり、国家が財政的に支援しないと運営が困難になってきている。もちろん、パラリンピックについても同様の運営課題が出てきている。

オリンピックやパラリンピックとは別に、各種目の世界大会が開催されており、この経済的効果も拡大している。大会運営に関係する企業にはかなり専門的な能力が必要とされる。このため、特定のイベント関連企業が予算獲得に入り込むようになり、不正な行為が判明したこともある。2回目の東京オリンピックの大会運営に際して、関連企業の不正経理が出たことはすでに周知の事実だ。

国内のスポーツ大会においても、財政的な規模が大きくなっており、専門的な運営企業でないと大会を運営できない状況が見られる。この傾向は、地方のスポーツ大会においても見られるようだ。

スポーツは元来、一定の枠（ルール）の中で行われる競争であり、スポーツを行う者にとって最も重要なのは「楽しむ」ことである。しかし、今日のようにスポーツ大会が大規模になり、勝敗に金銭的価値を付加したことにより、スポーツそのものを楽しむだけでなく、金銭目当てに行うという経済的効果が拡大した。そして、この点が今日のスポーツを支えているという、なんとも歯がゆい状況になっていると感じる。

もっとも、地方で開催される小さな大会や学校関係のスポーツ大会などは、純粋に楽しみを求めて行われている。今後はスポーツの持つ本来の姿が前面に出て、「する」「見る」「支える」の意義がつながって、スポーツの力が発揮されることを願うばかりである。スポーツの持つ力を大いに拡大・発展させていきたいものである。

相撲力士の体力測定

私が大学院生の時には、東京教育大学体育学部スポーツ研究所（スポ研）で指導を受けていた。といっても、実際はスポ研の研究を手伝っていたので、半ば助手のような仕事をしていた。そんな中で、研究室の主任であった小川新吉教授から「新弟子の体力測定をするから、その準備に相撲教習所へ同行するように」と言われ、両国の相撲教習所へ出かけた。

国技館内にある相撲教習所では100人ぐらいの新弟子が研さんしていた。記憶が薄らいできているので、どの程度正確か分からないが、当時は新弟子として入門する条件として、①中学校を卒業していること（3月卒業見込みでも可）②体格の基準（身長173センチ以上、体重75キロ以上）をクリアしていること、の2点があった。最近では体格の基準が変わり、身長167センチ以上、体重67キロ以上となっている。

新弟子検査に合格すると、相撲教習所で半年間、相撲の実技、教養（相撲史、国語・書道、社会、相撲心得、運動医学）を身に付けることになっており、横綱、大関を含むすべての力士がここで勉強していた。小川教授は相撲教習所で運動医学を教えており、相撲関係者と懇意であったようだ。

小川教授の発案で、新弟子の体力測定を行うことになった。きっかけは、力士の体力測定を行った報告が見られなかったことにあるようだ。相撲教習所の関係者からも了承を得たので、準備に取りかかったわけである。スタッフにはスポ研のメンバーと他の大学関係者が数人加わり、１９７０年と71年の6月に体力測定を実施した。測定結果の詳細については、論文（＊１）にまとめてあるので参照していただきたい。私は20代中ごろで、新弟子と同じような年齢だったこともあり、教習所の親方から「一緒に相撲を取ってみたら」と勧められたが、まわしがなかったので遠慮しておいた。後になって、やってみた方が良かったかもという気持ちになった。残念である。

新弟子の体力測定が終了し、8月から9月にかけては、関取の体力測定を行うことになった。当時、私の相撲の知識は乏しく、関取というのは十両以上の力士であることをこの時教えてもらった。関取は両国近辺の相撲部屋で稽古しているので、稽古の邪魔にならないよう時間を調整して部屋を回り、午後から測定を実施した。午前中は稽古の様子を見学させてもらった。相撲部屋の多くは近距離に点在しており、測定機器をリヤカーに乗せて、若かった私が引っ張って回った。8月は別の大学から女子学生が手伝いに来てくれ、また東京慈恵医科大学中央検査室の井川幸雄教授の研究室のスタッフも参加してくれた。関取の測定結果については、論文（＊2）として詳細な報告をしている。

いくつかの相撲部屋を回るなかで、ちゃんこ鍋をごちそうになった。どの部屋のちゃんこ鍋もおいしかった。また、時津風部屋では親方から時津風の名称が入った浴衣用の反物をいただいた。浴衣を作って着てみると、相撲取りのような気分になった。遠い場所にある部屋へ行く必要があり、どうしようかと迷っていると、琴桜関が自分のベンツで送ってくれたのには感動した。今は逝去された大鵬親方と一緒にちゃんこ鍋を食べたことも思い出の一つである。

関取の握力を測定するのに、一般の握力計では握る部分が小さ過ぎるということで、握力計を特注で作成した。また、皮下脂肪を測定しようとしたが、皮膚が硬くてつまみづらかった。関取の腹部は大きく膨れていたが、これは脂肪というより筋肉であるように感じた。とにかく体中がパンパンに張っている感じであった。体重計も300キロまで計測できる大型のものを使っていた。

これは知識のなさ故の出来事であるが、体力測定には土俵を使わせてもらっていたので、測定者が土俵の中にはだしで入ることになった。ところが、女子学生が補助者として土俵に入ろうとした時、親方から女性は入ってはいけないと叱られた。この時、土俵は女人禁制であると知った。最近、横綱審議委員であった内館牧子さんの本を読んでいるのだが、その中に「『土俵は俵で結界した聖域』であり、女人禁制は300年前から続いている日本の文化である」と書いてあった。相撲の世界では日本の文化をかたくなに継承していることを知り、取組もいっそう楽しめるようになった。

力士は入門してから体重が急増することが知られているので、当時の相撲診療所の美濃部浩一所長に依頼して、身長と体重の記録を調査させてもらった。その中で、4年間に29キロ増加した力士がいた。関取になると、入門時と比べて倍の体重になる力士もいるという。力士の食生活を調べると、一日2食であり、1回の食事は満腹以上に食べているということである。これを毎日継続していると、体重はどんどん増えていく。見方を変えると、肥満予防には数回に分けて食事をするのが適当であると言える。最近の力士は調査当時より格段に体格が大きくなっているので、現在の力士の体格や体力を測定してみたいものである。

相撲の世界も近代化してきたというので、科学的な研究を取り入れることも必要なのではないだろうか。

＊1：相撲力士の体力科学的研究（新弟子の体格・体力に関する研究）「体力科学」21巻118〜128ページ（1972年）
＊2：相撲力士の体力科学的研究（その2、関取の体力と発達）「体力科学」22巻45〜56ページ（1973年）

教員生活半世紀

通信教育でリスキリング

通信制の大学はキャンパスへ行かなくても、必要な単位数を修得すれば卒業資格が得られるというものである。通信制大学の一つであり、全国規模でよく知られているのは放送大学である。放送大学は各都道府県に1カ所以上の学習センターを持っており、ここを窓口にして活動が行われている。

放送大学ではビデオ視聴やパソコンの画面を通して、また教科書を使って個別に勉強することになる。入学手続きなどは学習センターへ赴いて行う。放送大学を知らない人は、大学本部または各学習センターのホームページを見ると詳細なことが分かる。また、学習センターへ行くと、窓口で係員から丁寧に説明してもらえる。

私は岐阜学習センターで3年間所長を務めていたが、その間に多くの学生と触れ合うことができた。学生の中には当時90歳という人もいて、元気に学習されていた。

放送大学の学生は多様であり、社会人が多く、年齢も幅がある。学生同士が顔を合わせる機会としては、バス旅行や卒業式、入学式などがある。これとは別に、対面授業（スクーリング）が行われており、学生が受講しに来る。講師は学生がほぼ同学年という一般の大学とは異なり、多様な学生を相手にして講義を行うことになる。ある時、講義を規定の時間より10分ぐらい早く終わろうとした時に、学生から不満の声が上がったという。社会人を経験している学生が多数いるので、「受講料を払っているのだから、その分はしっかりと講義してくれるように」という連絡があった。これは正論である。

毎年、放送大学本部の卒業式はNHKホールで開催される。その場に出席した時、卒業生の代表が述べた「一人で学習している時に寂しさを感じたが、そんな時には全国で8万人の学生が個人個人で努力して勉強している姿を思い浮かべながら頑張った」という言葉が印象的であった。確かに、放送大学の勉強スタイルは個別に行うものなので、どうしても孤独感にさいなまれることがある。しかし、「孤独感に耐えながら目的の単位を修得したときの喜びはひとしおである」という言葉を多くの学生から聞いている。

社会人で、自分の能力向上のために放送大学でひっそりと勉強している人もいた。最近の言葉にリスキリングというのがあるが、放送大学は特に社会人にとって、リスキリングの場として都合が良い環境であると思われる。自分の能力アップを目指す人は入学してみてはいかがだろうか。

放送大学の次に勤務したのは中部学院大学というキリスト教系の大学である。この大学には通信教育部があり、社会福祉士の資格を得ようという人が勉強して、最終的に国家試験を受ける。ここを卒業すれば学士の資格は取得できるが、社会福祉士の資格取得には国家試験に合格することが必要になる。この仕組みは医師や看護師などと同じであって、卒業しても国家試験に合格しなければ社会的認知がなされない。そのため、ここで勉強している学生は、大学の授業以上に国家試験対策としての勉強を行うことになり、かなり大きなストレスとなっているようであった。しかし、合格した学生の顔を見ると、嬉しさがにじみ出ていた。

私が最初に通信教育部の学生に会ったのは、卒業式の日であった。職員が「学長から直接学生に卒業証書を手渡してほしい」という依頼をしてきた。それまでの卒業式では各学部の代表学生にのみ卒業証書を手渡していたので、個別に手渡すのは初めての経験であった。放送大学でも代表に手渡しただけであった。通信教育部の卒業生はほとんどが社会人であり、仕事を持ちながら卒業した苦労の跡がにじみ出ていた。私としては、全員に卒業証書を手渡したいという気持ちが強くなり、40人近くの学生一人一人に手渡した。受け取る時の学生の顔は喜びに満ちており、とても印象的であった。これ以後、毎年、通信教育部の学生に対しては個別に卒業証書を手渡した。

通信教育で学ぶ学生の皆さんには、次のような激励の言葉を送りたいと思う。

「最近はリスキリングという言葉が見られるようになっています。これからの社会では、自分の力量を高めることを求められるのは避けられません。通信教育には力量向上のための仕組みが備わっているので、通信教育（放送大学を含めて）を活用してリスキリングされることを期待しています。もちろん苦労すると思いますが、達成感が苦労以上のものになることは間違いなしです」

東日本大震災の実状を視察して

東日本大震災は２０１１年３月11日の午後２時46分に発生した。この時は岐阜県の放送大学学習センターの所長室にいたが、急にブラインドが揺れ出し、次いで建物が揺れ出した。上階にいた職員が慌てて降りてきた。テレビでは地震が起こったという報道があり、かなり大きいと思った。家に帰ってテレビを見ると、東北地方全体にかなり大きい地震があり、津波の被害も大きいということである。その時点では被害の全体像がまだ分からなかったが、時間が進むにつれて状況が分かってきた。東京と埼玉にいる娘も驚いており、東京に住んでいる長女は長い距離を歩いて自宅まで帰ったということである。福島の原子力発電所の緊迫した報道を見ながら、どうなるのだろうと不安な気持ちが湧き起こった。

公安委員会で東日本大震災の状況についての話が出て、岐阜県警の機動隊は、地震が起こってすぐに車で東北へ向かったと知った。とにかく現地へ行って対処しようという判断であったようだ。不安はあったと思うが、警察としては当然の仕事かもしれない。

公安委員会では、派遣された警察官を激励しようということになり、宮城県警と福島県警へ行くことになった。1回目の視察は宮城県へ行ったが、仙台空港の周りは津波で流されて一面が平らになっていた。家はぽつんぽつんと立っていたが、家の中は物が逆さまになったりして、無茶苦茶な状態だった。海岸の松林もなくなっていた。民家があったと思われる場

仙台視察

所に漁船が横たわっており、悲惨な状況であった。

2回目は2012年年6月4、5日の2日間にわたって、福島原発の現場を視察した。これは岐阜県公安委員として、福島へ派遣した警察官約100人の激励を兼ねて出かけた。彼らは福島県の警察官と合同で、原発事故のあった地域の警備、交通整理、取り締まり、民家の見回りなど、さまざまな任務を行っていた。宮城県の場合と異なり、福島では現在も継続して立ち入り禁止区域が設定されている。双葉町、大熊町、浪江町のいわゆる20キロ圏内には民家はそのまま残っているが、人影が全く見られず、特異な光景を目にした。この時は昼間だったので景色が見えたが、夜になるとおそらく電気が通っていないので、真っ暗闇になるのではないかと思うとともに、夜の警戒が特に必要になると思った。

福島県警であいさつを行ってから、福島県警のマイクロバスに乗って原発事故現場へ向かった。双葉町に近づくにつれて、放射能を測る線量計の値が高くなり、原発の入り口近くになると100マイクロシーベルトに達した。高速道路を走っている時は0・5マイクロシーベルト程度であったので、やはり原発の近くは放射能が高くなっていると分かった。

途中何度か車から降りて視察したが、福島の場合は復旧に着手できないというもどかしさがあり、避難した住民がいつ帰ってこられるのかも分からないのが現状だという。マイクロバスから外を見ていると、所々に黒いビニール袋が積まれていた。これは放射能に汚染された表面の土を取り除いて袋に詰めたものということであった。この袋をどこに廃棄するのかについては聞かなかったが、処分に困るのではと心配になった。

原発事故による放射能汚染は、地震や津波とは全く別の災害であり、人災でもある。このやるせない現状を視察して、自分に何ができるかと問うてみたが、何もできないというのが正直な気持ちだ。わずかながら自分にできることは、福島を訪問して風評被害を軽減することではないかと思った。

後日、福島にも放送大学の学習センターがあり、ここの七海事務長からいろいろと話を聞くことができた。この学習センターも地震による被害があったということである。書架の本が散乱したので、それを元に戻した途端に2回目の地震があり、再び本が散乱してしまったという。この作業が3回ほど繰り返されたということだった。また、原発事故に関する情報が錯綜し、七海事務長の子どもは県外へ移住させたとも言っていた。おそらく多くの人が県外へ移住したのではないだろうか。放射能は目に見えず、どこにあるか分からないので、住民は不安で仕方がなかっただろう。七海事務長は原発事故の処理についてかなり不満を持っていた。原発事故の復興はまだまだ続く。

手話と言葉のバイリンガル

手話は聴覚障がい者を中心に利用される伝達手段であるとしか考えていなかった。

講演会では講師の横に手話通訳者がいて、講師の話を手話で同時通訳する様子が見られる。テレビ、特にＮＨＫでは演者の横で手話通訳者が同時通訳をする番組があり、手話を活用する場面が一般化しつつあるように思える。

以前、国立大学に40年ほど勤務していたが、その間に出席した多くの式典や講演で、手話通訳が行われたのはほんの数回しかなかった。ところが、その後に勤務した中部学院大学では、学内で行われる式典や講演などの多くで手話通訳が行われていた。私自身は手話を理解できないが、学生サークルの中に手話サークルがあり、手話のできる学生が多くいた。職員の中にも手話ができる者がいた。私は彼らが中心になって学内に手話を広めてくれることを期待していた。実際に、手話の練習会を開いて勉強をしているようであった。

このような環境にいたので、最近は手話が使われる場面を見ても、ごく当たり前のような感じがしている。こういう大学が他にあるのか分からないが、これが中部学院大学の学生・教職員の特徴であると思うようになった。

中部学院大学で毎年行っている手話スピーチコンテストに初めて出席した時のことである。参加者は高校生や大学生であり、手話を使って表情豊かに自分の主張を伝えようとしていた。また、審査中に行われた手話による講演を聞いて（見て）、手話の素晴らしさに感動してしまった。この講演では、NHKの手話ニュースキャスターとして活躍されている小野寺善子さんが、手話により手話についての話をされた。この時、小野寺さんの手話を同時に言葉で通訳している人がいた。手話による講演の内容が、明確で分かりやすい言葉になって伝わってきた。手と表情で伝える手話動作から、流ちょうな言葉が紡ぎ出される様を見て、手話と言葉のバイリンガルの素晴らしさを体験した。これは私にとって一つの発見であり、大きな驚きでもあった。

全国には聴覚・言語障がい者が35万人程度いるということである。この現状を見れば、手話は重要な伝達手段であることに間違いない。学校教育、特に小学校や中学校で、手話の基本を教える機会があってもよいのではないかと思う。この時期であれば手話を記憶し、持続できるのではないかと思う。一般の人も手話の基本ぐらいは理解できて、日常会話の中で手話と言葉をミックスして話ができるようになることを期待している。

【追記】デフリンピックの様子を写真で見ることができた。色鮮やかな景色が目に入ってきた。この大会の存在は知っていたが、実際に見たことはない。出場者は音が聞こえないということなので、会場での伝達手段は手話と文字・映像が中心になっているのではないか。デフリンピックを観戦できる日が来ることを願っている。

変えるための努力とエネルギー

大学に勤務していた時、先輩の教員から「大学の組織改革を行うには3年必要だ」と言われたことがある。

大学の組織、例えば学部あるいは学科を新設するには、文部科学省へ打診し、ある程度申請が可能と判断された段階で、設置申請書を作成して審査を申し出ることになる。私が学部長であった時に経験した教職大学院の申請の場合、学内の同意が必要になるので、学内用の説明資料を作成し、それについて教授会などで説明・了承を得てから、大学本部の了承を得ることになった。大学内での手続きに時間がかかることは以前から理解していたが、教職大学院の場合は全国的に新しい制度であったのでひな型がなく、手探り状態から作業が始まった。教職大学院の設置基準に基づき、実務家教員（教職経験が10年以上で論文があること）の配置が必要になったため、これに該当する人材を探すのに苦労した。あちこち探し回り、何とか本人に了承を得て、設置審に申請できた。その結果として認可を受け、無事に教職大学院が設置できた。申請までの過程で多くの教職員が動き回り、大学本部の援助を受け、岐阜県教育委員会の支援を得た。関係者はかなりの努力とエネルギーを注いだと思っている。

これは私が教育学部に来てから理解したことであるが、大学の教員組織は教科専門と教科教育の二つに分かれていた。教科教育の担当教員は小学校や中学校の教員と交流があり、学校現場へ出かけていた。しかし、教科専門の教員は学校現場の実際の様子を理解していない人が多いように見受けられた。教科専門の教員の中には文部科学省から出されている指導要領を見たことがないという教員もおり、また教員免許を取得していない教員も少なからず存在していた。そこで、どうすれば教科専門の教員が学校現場へ出向くようになるか、学校現場の教員と直接交流できるようにするにはどうすればよいのか、ということについて、真剣に考えるようになった。

教育学部の評議員になっていた時、岐阜県教育委員会が行っている10年目の現職教員の研修（10年目研修）を岐阜大学教育学部のキャンパス内で行う計画を練った。これを行うに当たって、教授会に10年目研修を引き受けてもよいかを諮ったところ、100人近くいた教員全員が引き受けるという回答を示した。予想した結果と異なり、驚いた。これにより、夏休みは10年目研修受け入れのため、大学の教員は忙しくなったと思う。もちろん、岐阜県教育委員会とは綿密に打ち合わせを行った。

この後、1年生から4年生までの学生全員が何らかの形で学校現場へ行って体験を行うプラン（アクトプラン）を考えて、教授会で説明し、何とか全教員が学校現場へ出かける仕組みが整った。この取り組みは全国的にも注目されて、複数の国の補助金を獲得できた。もちろん、アクトプランの基本的な考え方の構築には、加藤直樹教授をはじめ多くの若手教員の支えがあった。この頃の岐阜大学教育学部は、全国の教員養成学部の先頭を走っていたと思っている。

これらの取り組みが文科省に認知され、また、岐阜県教育委員会とも連携が密になり、前述の教職大学院の設置につながった。取り組みの基盤になっているのは、学校現場と教育学部の教員とが密接に連携し、より良い学校教育、すなわち子ども中心の教育を促進していくことにある。当時の大学評価委員会でも高く評価され、学内の管理職も評価していたように思う。組織を変えるためには、中心となる人物が努力とエネルギーを使って推進することが大事だと感じた。

一方、私立大学の学長として組織変革を行った時に感じたことは、組織を変えるという目標を設定し、それに向かって職員の意識を統一することの大切さである。この大学では、経営学部をスポーツ健康科学部に改編することを掲げ、理事長をはじめ学内の同意を得た上で作業を開始した。私立大学であっても、文部科学省に申請することになるので、同省で説明したが、「申請に当たっては申請書の説明にあるようにすればよい」という極めて素っ気ない対応であった。これは国立と私立の違いかもしれない。いずれにせよ、学部改編のための設置審への申請書を作成して提出することになった。改編の趣旨については、スポーツが専門であった私自身が作成し、具体的な内容は担当職員が作成した。職員の中に設置審申請書の作成経験者がいたので、比較的順調に書類を提出できた。職員には多大な負担となったと思う。結果として認可を受けることができた。

二つの大学における組織改編の経験を述べてきたが、大学の改編には担当する教職員がかなりの努力とエネルギーを費やす必要がある。この経験は後に役に立つと思うが、今後、組織改編を行おうとする場合、担当者の努力とエネルギーを前提にすることを覚悟しておく必要がある。これは大学だけでなく、企業においても同じことが言えるのではないか。目的を持って組織を変えようとする努力とエネルギーのある人材が何人いるかが、組織の実力になると考える。

金華山の登山記

岐阜市の長良川沿いにある金華山は標高329メートルで、山頂には岐阜城がそびえている。この城は織田信長が建立したといわれており、天守閣からは岐阜の街が一望できる。初夏には金華山全体がツブラジイという花で覆われ、黄色に変化する。この姿を見ると夏に近づいていると感じる。麓の長良川では、5月11日から鵜飼いが行われるので、これを楽しむための観光客も増えてくる。岐阜城にはロープウエーを使って3分程度で登れるので、多くの観光客はこれを利用している。金華山には四つの登山道がある。めいそうの小径、七曲、百曲、馬の背の4コースである。岐阜市に在住する人の多くは、これらの登

金華山

山道を歩いたことがあるのではないだろうか。毎日登る人もいると聞く。

　岐阜大学が柳戸に移転する前は、教育学部は長良高校の横にある公園のところにあり、現在は記念碑の石板が設置されている。ここから毎日金華山を見上げていたが、一日のうちに様子が変化し、本当に美しい景色であった。柳戸地区へ移転してしまったのが残念で仕方がない。当時の教育学部のキャンパスには武道館があり、柔道部もここで練習していた。夏の合宿では、柔道場に布団を敷いて寝泊まりした。合宿中、金華山の麓まで走っていき、そこから馬の背を登るのが毎年の行事であった。馬の背は、途中に両手で岩をつかみながら登らなければならない場所がある急峻《きゅうしゅん》なコースである。学生は全員登り切り、帰りは七曲を下りてきて、武道館まで走って帰るというトレーニングを行っていた。

教育学部記念碑

　私も学生に負けないよう走って大学のキャンパスまで来たところ、熱中症のような状態になってしまったことがあり、急いでプールの横にある水道の蛇口の下に寝転がって、水で体中を冷やした。しばらくすると体の状態が落ち着いてきたので、学生の様子を見に行ったが、学生はマイペースで走っており、異常を示すものはいなかった。自分の行為が無謀であったと自覚し、反省している。現在のように熱中症に対する知識が一般的になっていれば、こんなことは生じなかったかもしれない。

柳戸のキャンパスへ移転してから、私のクラスの学生に金華山の話をし、登った経験のある者を調べると、半数ぐらいが登ったことがないということであった。岐阜県以外の学生ならば理解できるが、岐阜県出身の学生も登ったことがないということなので、私が受け持っている2コマ続きの実習の時間を利用して金華山に登ることにした。この時、心拍数を計測する機器を装着して登り、どのくらいの運動強度になるかを調べることになった。車を所有する学生に乗せてもらって麓まで行き、全員が七曲コースを歩いて登った。この時の心拍数の変動結果については、岐阜大学教育学部の紀要に論文として掲載されている。学生にとって、七曲コースはそれほど負担になっていないようであった。金華山を登ったことのない学生には良い経験になったのではなかろうか。

ある時、岐阜市が岐阜城の瓦を新しくする事業を行うと知り、友人の山崎旭男先生が指導する老人クラブの人たちに、瓦を1枚リュックで背負って登る企画を実行してもらった。コースは七曲であったが、さすがに高齢者であるということと、瓦1枚で1キロ弱という荷物を持って登るのは大変な労力であり、途中で休憩しながら登頂した。瓦の裏には運んだ人の名前を書いてあるので、将来の記念に残ると思う。この時に参加した高齢者の皆さんには感謝申し上げます。

岐阜新聞には毎年、岐阜県警察学校の学生が金華山を駆け上がる年中行事が掲載される。体力のトレーニングなどにも金華山が活用されているようだ。中学生の時、岐阜国体の強化選手候補として、金華山の麓にあった警察学校で県警の人と練習し、当時存在した宿泊所（ユースホステル）で寝泊まりしていた。この文章を書いていて、懐かしく思い出した。

金華山は1時間くらいで登ることができるので、ロープウエーで登るだけでなく、時には歩いて、景色を楽しみながら登るのも一興ではないか。

2回の大学移転

大学の移転を2回経験した教員は少ないだろう。私は28歳と31歳の時に大学移転を経験した。これは偶然とはいえ、不思議な巡り合わせだと思っている。

(1回目の大学移転)

1回目はかなり大規模な移転であった。東京教育大学が茨城県つくば市へ移転することが難航しながらもようやく決まり、名称も筑波大学と定まった。移転に反対した文学部は結局移転しなかった。東京教育大学の本校は地下鉄丸ノ内線の茗荷谷駅の前にあり、文京区大塚地区に位置したため、ここを大塚キャンパスと称していた。

学生の頃は一般教養の授業を大塚キャンパスで受け、午後3時過ぎになると急いで電車を乗り継ぎ、京王線の幡ケ谷駅まで行った。駅から体育学部のある幡ケ谷キャンパスまでは歩いて行った。柔道場は幡ケ谷キャンパスの端にあり、2階が剣道場で、1階が柔道場になっている。体育学部の校舎は古く、木造と鉄筋が混在していた。

1972年に体育学部の修士課程を修了して、スポーツ研究施設（運動生理学部門、通称スポーツ研究所）の助手になったが、その4年後には大学の移転が本格的に始まった。当時、移転先の筑波地区（筑波研究学園都市と名称がついた）は単なる平地であり、雨が降るとぬかるんで長靴が必要だった。今でこそ大きな建物が立ち並んでいるが、この頃ははるか遠くを見渡すことがで

幡ケ谷体育学部正門

きた。移転途中の時期に入学してきた柔道部の学生は、最初の2年間は幡ケ谷のキャンパスと筑波大学の両方で練習するという不便なことを強いられていた。

東京教育大学は1949年に発足し、体育学部は筑波大学への統合移転が完了する77年3月までの28年間、幡ケ谷キャンパスで存続した。スポーツ研究施設の助手として勤務していた私は、統合移転の3年ぐらい前から準備を始めた。研究室にある机や椅子などはかなり古かったのでそのまま廃棄手続きをし、研究に関係する書類関係を整理して、ダンボールに詰めた。古い貴重なテーブルがあったが、古いものは運ばないということだったので、そのままにした。

移転が始まる3年前から、先陣を切って筑波大学へ移動した教員を中心に、国民体力プロジェクトが始まり、筑波地区の住民の体力測定や健康調査を行うことになった。私はまだ移動していなかったが、このプロジェクトに協力するため、週に2回程度筑波大学へ出向いた。プロジェクトの期間は5年間であったが、私が手伝ったのは最初の2年間だけとなった。これには理由がある。

移転作業が進む中で、いつも面倒を見てもらっていた勝村龍一先生から「履歴書を持って岐阜大学へ一緒に行こう」と伝えられた。そこで、岐阜大学の長沢弘教授に会い、私の研究内容などについて説明した。いわば、面接みたいなものであった。しばらくしてから、岐阜大学への移動が決まったという連絡があった。そこで、妻に岐阜大学へ行くことを伝えると、驚いていた。しかし、私としてはすでに心を決めていたので、妻は不満だったようだが、移動を正式に決めてしまった。

その後、私が岐阜大学教育学部へ移動することを当時の岸野雄三体育学系長に申し出たところ、4月から行くのは待ってほしいといわれた。その理由は教員のポストを確保するためで、1カ月遅れて5月に移動するよう依頼された。このことを岐阜大学の方に連絡すると、教授会に諮ってみるということだった。その結果、了解が得られたので、新年度の1カ月間は筑波大学に在籍し、最初の教授会で移動のあいさつをした。数人の先生から「どうして岐阜大学へ行くのか」と尋ねられたが、岐阜は自分の郷里でもあるので、新しい環境で頑張ってみると答えておいた。本当のところは、研究施設の教授との関係がうまくいっていなかったことが大きな理由であった。

こんな経緯があり、1977年5月に岐阜大学教育学部へ移動した。この時29歳で、職位は助教授であった。30歳以下で助教授になったことに、周囲の人は驚いていた。普通であれば講師になるところである。しかし、岐阜大学教育学部では講師も助教授も仕事の内容は変わらないこと、教育学部には講師の職位が定められていなかったことから、若くして助教授となった。

したがって、筑波大学への移転作業は中途半端になってしまった。

(2回目の大学移転)

岐阜大学へ移動して数年たってから、岐阜大学の統合移転の話が本格的に進んできた。当時の岐阜大学は工学部と農学部は各務原地区、医学部は岐阜市司町、教育学部は岐阜市の長良地区に分散する「タコ足大学」の状態で、特に工学部と農学部が移転に積極的であった。移転場所は岐阜市の柳戸地区に決まったが、この地は以前に大雨が降った際、2メートルほど水があふれたという。工学部と農学部は率先して移転していったが、やはり水の心配もあり、建物の1階は水につかることを前提とする壁をつくった。教育学部は長良地区にあり、金華山を目の前に見上げることができる素晴らしい景観であったので、私は移転したくないと思っていた。しかし、決まってしまったので、仕方なく準備を始めた。

東京教育大学から筑波大学への移転の際は、規模が大きかったこともあり、移転作業自体は全面的に運送業者に任せて、事前準備だけをした。これに対して、岐阜大学教育学部の場合、自分たちで作業する割合が多く、私も研究室の内装、電源の配置、水道の配置、書架の場所など詳細な見取り図を描いて準備した。小さな荷物は隣の研究室の渡辺義行先生と共に自家用車で頻繁に輸送した。ただし、大きな機材（トレッドミルなどの計測機器）は運送業者に任せることになった。

柳戸地区に移転してから、しばらくは機材の設置や部屋の整理に時間をとられた。長良キャンパスの時より研究室の内部面積が小さくなったので、部屋の整理に苦労した。数年たって反省したことがある。それは、学会発表などで使用するスライドを作成するために、研究棟の中に暗室を造ったことである。現在はスライドを使わなくなり、パワーポイントが主流になっている。暗室は窓がなく、暗く湿った部屋であるため、倉庫として使うしかない状況である。改築するにはかなりの経費がかかるので、そのままにしておいた。現在はどのように使われているのだろう。暗室は、自然科学系の研究室にも設置されており、厄介ものになっていると思う。いずれにせよ、大学の移転は大仕事になることを体験したが、新しい環境で仕事ができるのは良いことだろう。

スポーツをする環境は移転前と比べて格段に良くなり、学生が伸び伸びとプレーできるようになったと思う。柔道場もかなり立派で広くなり、指導もしやすくなった。移転してすでに30年が過ぎたが、今後どのような変化が起こるかは予想がつかない。

公安委員になって

公安委員を引き受ける前は、警察の組織や活動内容の一部しか理解していなかった。理解していないことすら理解していなかった、という方が正しいかもしれない。放送大学へ来て2年目の2011年、岐阜県の西藤副知事が岐阜学習センターへ来て、「公安委員を引き受けてほしい」と依頼された。河合清明事務長からは県の仕事について依頼があると言われていたが、公安委員とは思いも寄らなかった。頼まれたことは断れない性分なので、即決で引き受けた。数日後に県警の担当者が来て、公安委員となるに当たっての条件や心構えについて説明を受けた。西藤副知事の説明では、金曜日に会議があるので、これに出席すればよいということであった。しかし、県警担当者の説明を聞くと、金曜日の公安委員会以外にもさまざまな仕事があるようで、予想以上に忙しくなることが推測された。引き受けるに当たっては、まず県議会で承認される必要があるので、3月25日までは妻以外の誰にも話すことができなかった。

議会で承認された次の日の岐阜新聞に顔写真付きの記事が掲載され、世間に私が公安委員となることが知れ渡ったようだ。しかし、後にいろいろな人に会って話をしていると、公安委員会に関心のない人は私が公安委員であることを全く知らなかったので、普通の生活ができると思った。ただし、警察関係者はさすがに敏感に受け止めており、私への対応が慎重になったと感じた。

しばらくしてから、公安委員の自宅にパトホンを設置するということで、担当の警察官が来て、電話機にパトホンを設置していった。このボタンを押すと、近くの警察がすぐに駆け付けて来るらしい。妻はボタンが露出しているので、間違って押してしまうかもしれないと不安がっていた。そこで、ボタンの周りをダンボールで囲って、簡単に押せない状況にした。公安委員の安全を確保するという意味でこのような配慮がなされていると思うが、在任の9年間に一度もこのボタンを押したことがない。公安委員というのは、一般の人と比べて安全確保のレベルを高めておく必要があるのだと思った。

公安委員は3人で、任期は3年（最大9年）であるが、時期をずらして交代することになっている。公安委員会は原則として金曜日（途中から水曜日に変更）の午後2時から行われ、この会議の30分前には県警の公安委員室に入り、打ち合わせを行う。これ以外にさまざまな警察関連の行事に出席し、式典などであいさつを行うのが役目となる。また、私が担当した関、美濃加茂、可児、郡上、下呂、高山、飛騨の七つの警察署協議会に出席して、最初のあいさつを行うとともに、協議会委員から意見を聴取した。地域特有の課題があるようで勉強になった。

全国公安委員会が毎年11月ごろに開催され、全国の公安委員が半蔵門ホテルに集まる。これに最初に出席したときは、ホテルの大広間に集まって国家公安委員長や警察庁長官などの話があり、続いて指定された課題について意見交換が行われた。この時は話を聞く側に回って、静かに座っていた。3回目ぐらいから会議の方式が変わり、3部門に分かれて、それぞれの課題について意見交換を行う形式になった。この時は、各県の代表者から次々に意見が出されたので、私も岐阜県を代表して意見を述べた。積極的に意見を言う人が多く、尻込みをしていると意見を言わないまま会議が終わってしまう。公安委員会の担当警察官がいろいろな資料を取りそろえてくれているので、何としても岐阜県の情報を報告しようと挙手をしていたが、自分の番までには時間がかかった。この会議では全国の警察の状況が聞けたので勉強になった。資料を準備してくれた警察官に感謝したい。

毎年6月には、中部公安委員会連絡会議が名古屋で行われていたが、途中から各県で行うことになった。愛知、三重、岐阜、石川、福井、富山の6県の公安委員が集まり、各県の課題などを報告し、意見交換を行う。会議の後には懇親会が行われ、丸テーブルを囲んで食事をしながら自由な懇談が行われた。アルコールも入るので、それぞれの委員の得意な分野などについて話が弾んだ。公安委員は組織の役員の立場にある人が選ばれるので、話の内容も広く、私の人生経験にはない話ばかりでとても参考になった。

県内での役割については、3人の公安委員が分担して行っていた。例えば、警察学校の入学式と卒業式のあいさつ、視閲式の式辞、警察署長会議のあいさつ、永年勤続表彰式の式辞、岐阜県安全・安心まちづくり県民大会のあいさつ、柔剣道大会のあいさつ、逮捕術大会のあいさつ、留置場監視委員の委嘱式、拳銃大会のあいさつ、東日本大震災の視察、年末年始特別警戒開始式でのあいさつが記憶に残っているが、まだいくつかあると思う。とにかくいろいろな仕事があった。

私と同じ時期に公安委員であった水谷邦昭委員が発案して、過去の公安委員の名簿の名欄板を作成して、公安委員室に掲示することになった。この名欄を見ると、過去には県内の有力者が公安委員になっていることが分かる。仕事の忙しい中ではあったが、当時勤務していた中部学院大学の片桐武司理事長の了解を得て、公安委員を9年間行うことができた。

学生の力

「学生の能力とは何か」という疑問が湧き出してきた。

学生の能力を判断するのに偏差値が使われることがあるが、この偏差値は人間の一部の能力でしかない。地方の国立大学に30年以上勤務したが、その期間は学生の偏差値が気になっていた。しかし、放送大学や私立大学への勤務を経て、それぞれの学生に国立大生とは違った能力があることが見えてきた。

中部学院大学に勤務するようになって最初の頃は、ＡＯ入試や推薦入試などで入学する学生が多いこともあり、学力面から授業展開の困難さを感じていた。実際に必要単位が取得できずに留年する学生も少なくなく、休学や退学する学生も多い。しかし最近になって、学生の力は学力だけでは測れないと感じるようになった。それは、学生が授業以外の場で活躍する姿が見えてきたからである。

具体例を挙げると、大学がある関市の消防団員として、自分たちでデザインした消防服を着用して活動する者。福祉施設へ出向いて高齢者と交流し、精神的サポートをして笑顔の写真を大学に掲示する者。市役所の職員と交流し、地域住民の活動をサポートする学生もいる。スポーツで全国的に活躍したり、地域のスポーツ少年団などで技術指導をしたりする学生もいる。吹奏楽部は年間10カ所以上で素晴らしい演奏会を開催し、来場者の感動を呼んでいる。大学祭などのイベントは学生と地域住民が一緒に協力して企画している。私もイベントの打ち合わせ会に出席して、かなり以前から地域住民と学生の交流があり、相互協力体制ができていることが分かった。岐阜市で開催されるハーフマラソン大会には、看護学科の学生が救護班として協力している。

慈善活動にも積極的だ。数年前、関市の津保川が氾濫した時に、学生がいち早くボランティアとして現地へ行き、積極的に改修活動を行った。また、長野県の川の氾濫時には、学生と教職員がバスで駆けつけ、ボランティア活動を行った。東日本大震災の時には、仮設住民の聞き取り調査を行い、報告書にまとめた。

このように、授業とは別に学生の活動は多岐にわたっている。これらの活動の様子を直接、または映像で見たり、報告会で聞いたりしたが、主体的に活動する学生が生き生きして見えた。ボランティア活動を単位化している大学があると聞くが、単位として認定するための手続きが明確になれば、単位化してもよいと思っている。私立大学の多くは地域の住民との関係を重視しており、地域にとっても大学の存在が重要になっているようだ。地域の私立大学が公立大学へと変化する例も複数見られるようになった。

視点は変わるが、これも中部学院大学に在職していた時の出来事である。学生のアルバイトと有給インターンシップの違いについて話題になった。どちらも働いて一定の手当をもらう点では同じである。しかし、有給インターンシップは学生が働きながら経営方法や働き方などについて考え、それを雇い主と話し合って、自分の考えが有効かどうかを検証するところに意義がある。この点が、普通のアルバイトとは異なる。有給インターンシップに参加した学生が大学に戻った後、雇用主や教職員の前で成果について報告する姿を見ると、社会人となって働くための準備段階として、とても有意義な活動であると感じた。学生にとっては教室での授業よりも、実践的な体験を伴う活動が有効であると思った次第である。以前、どこかの新聞記者が電話で「有給インターンシップはアルバイトと同じではないのか」といった質問をしてきたので、「それは違う」と明確に答えておいた。大学の中にも、当初はこの記者と同じ考え方を持っている教員がいたので、教授会などで違いを説明しておいた。

大学を評価する場合、学力を中心に考える向きもあるが、学力以外の力を評価する方法を取り入れると、地方の小さな私立大学の評価も高くなると考えられ、これまで見えていなかった良さが評価できるのではないだろうか。学生の活動は今後の地方創生に大きく関与してくると予想されるので、その力を目に見える形で評価する仕組みをつくるべきだと思っている。また、学生の力を引き出すのが教員の役割なので、教員の指導力の向上も期待したい。

現在は大学を退職しているので、学外から学生の活動を応援していきたいと考えている。頑張れ！

三つの大学を経験して

岐阜大学へ移動してきた時は、保健体育の教員として自分の専門の教科を教えていればよかったので、気楽に講義をしていた。学生との付き合いは、卒業論文を作成する段階で最も深くなったと思う。私自身も若かったので、夜遅くまで学生と研究や雑談をしていた。学生も私に対して先生という感覚は薄かったのではないだろうか。教授会では若手ということで、先輩の教員から重宝がられて、いろいろと頼み事をされた。

しかし、岐阜大学に移動して20年以上がたった頃、選挙で評議員、学部長に選ばれてしまった。選挙で選ばれたからには、その役目を全うしようと努力するしかなかった。また、理事・副学長への就任は学長指名であったので、自分から手を挙げて決まったわけではない。当初は役職の権限がどこにあるのか分からず、大勢の意見に沿ったまとめ方をせざるを得なくて、本当に悩んでいた。しかし、大学改革を進めようとした時には、教授会に諮る前に、少人数の教員と夜遅くまで徹底的に議論した。それが自分の勉強になっているので、教授会で異論が出ても説得できた。

副学長の時は学部が五つあり、これをまとめるのが大変であった。困難な状況であっても、教育の現状を一定の方向に持っていく必要があると考え、いろいろな集会で、特に学生の教育について自分の考え方を説明してきた。各学部を回って意見を聴取したときも、学部の特性（エゴ）が出てきて、大学全体の方向を考えての意見はあまりなかった。そんな中で、数人の教員は私の立場を理解してくれていて、援護してくれたのは大変助かった。学生の教育について、教員がどのくらい真剣に考えているのか分からない学部もあり、その状況を問題点として指摘したこともある。

国立大学から国立大学法人へとシステムが変わるのに伴い、学部運営の権限が縮小し、大学本部の権限が大きくなったことで、大学全体の方向性を出すのがスムーズになった。権限がある分、本部の運営が重要になっている。学部長を決める場合も本部が最終的に決定することになり、次第に大学全体の方向付けが短期間できるようになってきたと思う。副学長を2年間務めて退職したので、この後の大学運営についてはよく分からない。

岐阜大学から放送大学岐阜学習センターへ移動し、3年間センター長を務めた。ここでは自分がトップなので運営に力を注いだ。放送大学の本部は千葉県の幕張にあり、時々センター長会議のため本部まで出かけた。放送大学は学校法人なので私立大学と同じ範ちゅうに入るが、実質的には文科省直轄のいわゆる国立大学に相当する。そのため、学長や事務系の職員らは文科省など国の組織から来ていた。私が在職していた時の学長は一橋大学から来た石弘光学長であり、岐阜県へ招いて講演などを行ってもらった。とても信頼できる人であった。

岐阜学習センターでの所長の重要な役割は、学生を少なくとも千人以上確保することであった。これ以下になると事務職員が削減されるということであったので、河合清明事務長と共に学生集めの広報活動に奔走した。河合事務長は有能な人で、岐阜県内の事情をよく把握しており、大変助かっていた。もちろん、広報活動以外にも多様な仕事があったが、学生集めが最もストレスになっていた。

いつだったか忘れたが、中部学院大学の片桐武司理事長がセンター長室を訪ねて来て、「中部学院大学へ来てほしい」と誘いを受けた。センター長の任期の3年が過ぎた段階で行くことを約束した。

中部学院大学へ移動して、大学の状況を教職員から教えてもらいながら、時には事務系の職員から説明を受けて、何とか仕事をこなしていた。この大学はキリスト教（プロテスタント）の大学であるため、月曜日と木曜日に礼拝が行われる。これには欠かさず出席して宗教主事の話を聞き、讃美歌を歌った。讃美歌はこんなにたくさんあるのだと感心した。

この大学の大きな課題は、いかにして学生を確保するかということである。学生が確保できないと、大学の経営ができないことになるからである。これは反省事項であるが、放送大学の時は人材がいなかったこともあり、自分と事務長の2人が中心になって学生確保に奔走した。その感覚で、中部学院大学へ来てからも、当時の事務局長と一緒に、自分が直接高校を回って広報活動を行っていた。しかし、後になって分かったことであるが、学長自らが回るのはかえって高校側に不信感を与える結果になったようだった。その後は、広報担当の教員や事務職員に任せることにした。私が退職するときには、何とか定員に近い学生を確保できていたと思う。

この大学に在職している時は、いろいろと解決しなければならないことがあったが、比較的ストレスの少ない状況で過ごすことができ、充実していた。最後の3年間はコロナ対策のため、何も改革ができなかったことが残念である。しかし、バトンタッチした江馬諭学長は優秀な人なので、中部学院大学を成長させてくれると信じている。

50年近く大学に在職していたことになるが、三つの大学は国立大学、特殊な放送大学、私立大学と性質が異なっていた。この違いに戸惑うこともあったが、それぞれの大学の特性に合わせて過ごすことができたので、面白い人生を送ってきたものだと感じている。もっとも岐阜大学へ来る前は、東京教育大学体育学部（5年）と筑波大学（1カ月）に在職した経歴がある。この期間は付録みたいなものかもしれない。

ヘリコプターでの視察体験

公安委員であった時、ヘリコプターで飛騨の山岳を視察する機会があった。ヘリコプターの発着場は各務原市の自衛隊飛行場の横にあり、乗る前にヘリコプターに関する基本的な説明を受けた。プロペラの下をくぐって機内に乗りこむ。プロペラの回転が速くなると、かなりの風が巻き起こるのを体感した。飛行中の注意事項の説明があり、いよいよ出発となった。

上空から下を見ると、小さな家や田んぼを見ることができる。しばらく飛んでいると山の多い地域になったが、山の間を細い道が通っており、時々少し広くなったところが町になっている。岐阜県は山国だといわれるが、上空から見ると確かにほ

視察

とんどが山で覆われており、山の中に小さな町が点在していると感じた。奥飛騨の中継点までは30分程度で到着した。

ここで隊員にあいさつしてから、北アルプスの山岳地帯へ向かった。ところが、この時は天気があまり良くなかったため、雲が山の近くまで覆いかぶさっており、進行方向の景色はよく分からなかった。雲で先が見えなかったので、山にぶつかるのではないかと心配した。後に聞いたところによると、操縦士は下の景色を確認しながら山に近づいて飛んでいるという。乗っている時は若干不安を感じたが、ベテランの操縦士を信頼して、緊張しながら周りを見ていた。時々揺れるので船酔いのような感じになった。以前、菅平でスキー実習に行った時もヘリコプターに乗って山頂まで行ったが、5分程度であったので何も感じなかった。今回は飛行時間が長かったので、揺れるとあまり気分の良いものではない。山頂の様子は雲でよく分からなかったが、ヘリコプターに乗るという体験は十分に味わった。

2回目のヘリコプターによる視察は気候の良い日を選んで実行した。この時、公安委員は私だけであったので、ゆっくりと飛行を堪能した。穂高にある基地から飛び立ち、北アルプス山脈の上を飛んだ。槍ケ岳、涸沢岳、ジャンダルムなどの上空から山脈を見渡すと、尾根上に細い道が見え、両サイドは切り立った急な崖になっているのがはっきりと見えた。こんな細い道を歩いて行くのは不安で仕方がないのではと思った。実際に、崖から100メートル以上落下した人もいるということである。毎年山岳の遭難者が発生しているという報告を公安委員会で受けているが、遭難の実態が理解できるようになった。山岳警備隊の隊員は落下した人を救出するために危険な作業を行っているのだと感心するとともに、感謝すべきだと思った。中部学院大学の片桐武司理事長の部屋には北アルプスの写真が何枚も飾ってあるが、危険なところまで行って写真を撮ったのだと思った。

今回の帰路では、関市の自宅の真上を飛んだので、自宅近辺の様子がよく分かった。金華山の上にある岐阜城の横も通り、いつもと違った視点から眺められた。金華山と岐阜城を上から見下ろすのはめったにできないことなので、目を大きくして観察した。

後に知ったのであるが、ヘリコプターの維持管理は大変であり、常に点検・修理が行われており、時間と経費がかかる。また、操縦士も資格を取得するのに時間がかかり、経験豊富な人材が不足しているようである。ヘリコプターは上空から地上を観察するには都合の良い乗り物であると感じた。しかし、観察だけであればドローンでもできるので、今後はヘリコプターの利用価値をより一層高めていくことを考えていく必要があろう。

ヘリコプターの維持管理と山岳警備隊の危険な救助活動の現実を知り、疑問に思ったことがある。それは、遭難した場合、これだけの関係者が必死に救助しようと努力してくれるのに対し、遭難者は経費を支払わないことになっている点である。私の記憶では、かなり以前は「遭難すると財産がなくなる」ということを聞いていたが、今は公的な費用として扱われている。これについては、遭難者も何らかの経費を負担する必要があるのではないだろうか。保険に入っているのかもしれないが。

ヘリコプターからの視界には満足した。感謝である。

人生の分岐点

喜寿を迎える人生の中で、分岐点に相当する時期がいくつかあった。例えば進学先を決める時、就職先を決める時などである。振り返ってみると、どういう人生を歩みたいかということは決めないまま、自然の成り行きでここまで来てしまった。これになりたい、これをしたい、といった目標と言えるものを持たなかった。私の周りが進むべき方向を決めていったように感じている。そこで、分岐点に相当すると思われる時期の記憶を思い出しながら書いていこうと思う。

小学校と中学校は義務教育であるので、選択の余地がなく地元の学校へ通った。高校はいくつか候補が挙がったが、決め手となったのは柔道である。中学校の2年生から柔道を始め、関の安桜山の麓に建つ鈴木道場へ、授業が終わってから自転車で通っていた。この柔道場の鈴木輝雄先生は関高校の教員であり、関高校の柔道部は13年間連続してインターハイに出場している強豪校であった。そのため、関高校へ来るようにと鈴木先生から言われ、迷うことなく進学した。この段階では選択の余地がなく、分岐点にはなっていないと言える。

大学への進学は一つの分岐点になったと思う。高校3年生の時に岐阜国体があり、柔道競技に少年の部の選手として出場した。これが実績となり、鈴木先生が知り合いの東京教育大学体育学部の柔道部の先生と相談し、「受験させるからよろしく」という流れになったようである。当時の国立大学は一期校と二期校に分かれていたので、一期校の東京教育大学に加え、二期校の岐阜大学も受験することにした。国立大学しか行けない経済事情であったため、どちらかに合格しなかったら働くつもりでいた。幸い東京教育大学の合格通知が来たので、二期校の受験はしなかった。

大学4年生になると、卒業研究の指導を受ける教授を

岐阜国体開会式

決める必要があった。そこで、私と友人の2人は心理学の教室へ行って面談したが、2人とも柔道を行っていたことから柔道研究室へ行くよう指示された。私は松本芳三教授に指導を受けることになった。この時、松本先生は体育学部に所属するスポーツ研究所（スポ研）と共同で、柔道選手の体力測定を行っており、この測定に私も協力して卒業論文を書くよう指示された。

これ以後は毎日スポ研へ行って勉強した。最初に任されたのは、当時はダグラスバッグという呼気を収集するビニール製の大きな袋があり、これに穴が開いていると空気が漏れるので、穴があったら粘着テープでふさぐ作業である。穴があると実験がうまくできないので、重要な作業でもあった。その後は講道館へ行って、柔道選手の体力測定を手伝った。この時測定した資料を基にして、卒業論文を書いたことを覚えている。

4年生の終わりぐらいに鈴木輝雄先生から連絡があり、「岐阜県の高校教員の試験を受けてみるように」と勧められて受験した。一方で、スポ研の先生から「大学院へ行っては」という誘いがあり、受験勉強はほとんどしないまま試験を受けてみたところ、何とか受かった。岐阜県の高校は辞退届を出して断った。大学院は松本先生の研究室に所属し、引き続きスポ研で勉強することになった。

柔道選手の体力測定は継続して行われており、3年目の総括として報告書を作成することになった。報告書の作成とともに、自分の修士論文の研究も同時進行した。実質的な指導はスポ研・コーチ学の浅見高明先生であった。先生の指導の下で実験を遂行し、何とか修士論文を作成した。この時は結婚前であったが、妻の実家の2階で、妻に清書をしてもらいながら修士論文を書いたことを記憶している。

話が横道にそれたが、大学院を修了する段階で就職の話が出てきた。柔道部の先輩から「名古屋の私立大学へ行かないか」という誘いがあったが、この時期にスポ研の助手の席が空き、自分に白羽の矢が立ったため、助手になることになった。この頃の国立大学の助手は給与が安かったので、結婚前に付き合っていた妻に経済的に助けてもらった。

結婚してしばらくしてから、東京教育大学の筑波大学への移転の話が具体的になり、準備を始めた。しかし、同僚の先生から岐阜大学への移動の話を受け、急きょ行くことにした。これは人生の重要な分岐点になったと思う。妻は反対していたが、自分で決めてしまった。筑波大学へ移った同僚からも、「なぜ地方大学へ行くのか」といった問いを何度か受けた。

岐阜大学で評議員、学部長、理事・副学長を務めたところで、学長から放送大学岐阜学習センターへ移る話を持ち掛けられた。迷ったが、移動を決めた。ここには70歳まで勤められることになっていたが、中部学院大学から誘いがあり、3年目に中部学院大学へ移った。これも人生の分岐点になると思う。

中部学院大学では、学長として8年間勤めて退職した。50年以上大学教員を経験して感じることは、大学は一般の人から見ると閉ざされた環境と思われがちということである。特に私立大学にとっては、この地域との壁を打ち破り、密接に関係していくことが生き延びる秘訣であると強く思っている。

人生の分岐点を振り返ってみて、与えられた環境に早く適応して、その中で何ができるかを考えて努力することが、自分なりにできたのではないかと思っている。今後は自由な環境で、自分なりの生き方をしていきたい。

若き日の思い出

恩師の怒り

高校生の時、約40キロの距離を歩いたり走ったりしてゴールへ向かう「強歩大会」が年中行事として行われていた。1年生の時は完歩したが、足の裏に大きなまめができて、ゴールに近づいた頃にはゆっくり歩かざるを得なくなった。この頃の運動靴は底が薄くて硬かったので、まめができやすかった。

2年生の強歩大会は、柔道の県大会が翌日に行われることになっていたため、「柔道部のレギュラー選手は二つ目の関門で終了して高校へ帰るように」という指示が、顧問の鈴木輝雄先生から伝えられていた。私は指示通りに帰ってきて、いつものように柔道の練習を行っていた。ところが突然、職員室へ呼び出された。なぜ呼び出されたか、この時点では全く分からなかった。

職員室へ行ってみると、多くの先生方が待っていて、その中に鈴木先生が厳しい顔で立っていた。この時、ようやく自分が呼び出された理由が分かった。チェック表を二つ目の関門で提出するのを忘れていたのだ。そのため、「古田がいなくなった」と、先生方が心配していたのだ。鈴木先生は私の行動に怒りが爆発したのだと思う。何回も顔をたたかれた。自分の情けなさに深く反省し、先生方に「すみませんでした」と謝罪してその場を辞した。今のように、体罰が問題となるずっと以前の出来事である。教師が生徒をたたくことも珍しくなく、鈴木先生は生徒たちからひそかに「ギャング」というあだ名を付けられていた。

鈴木先生の胸像

この事は両親に話さなかったのだが、母によると、翌日に鈴木先生が自宅を訪ねて来て、私をたたいたことを伝えたのだという。私がたたかれたのは初めてのことだったので、精神的にショックを受けているのではないかと、心配して来られたように思う。

3年生の時の強歩大会については記憶が全くないので、スムーズに終わったのではないかと思っている。これは、卒業して10年以上たってから聞いた話であるが、強歩大会の前の説明会の時に、私の失敗が事例として示されるということだった。何とも不名誉なことであるが、笑い話のネタにでもなれば、それも良しとしておきたい。

大学を卒業して5年ぐらいしてから、鈴木先生から「岐阜大学にポストが空いたから来ないか」という連絡があった。いろいろと検討した結果、岐阜大学へ行くことになった。妻は不満げであったが、何とか説き伏せて移った。小さな平屋に住みながら生活していたが、鈴木先生が時々訪ねてきて妻にも話をされたので、安心したようだ。この頃、車の免許を取得して中古車を買ったこともあり、鈴木先生に頼まれて、岐阜駅まで自分の車（ニッサンサニー）で送っていった。運転が心もとなく不安に思われたのか、心配そうに「運転は大丈夫か」と声を掛けられたことを思い出す。よほど下手だったのだろう。

またある時、鈴木先生が岐阜大学へ来られたので、近くの喫茶店で「わっぱめし」を食べて雑談した。このころの鈴木先生は穏やかな雰囲気になっておられ、いつからか「仏のギャング」というあだ名になっていた。鈴木先生がお亡くなりになるまでかわいがっていただき、ありがたく感謝している。つい最近になって、美濃市にあった鈴木先生の胸像を関高柔道部ＯＢにより関高校の庭の奥に移設した。鈴木先生が関高校で柔道を指導され、輝かしい成績を残された証になると思っている。

寮生活と学生運動

近頃の若い人は寮生活が苦手なようだ。なおさら、大きな部屋で多くの人と寝泊まりするのを避けたがるようだ。アパートを借りて、一人で過ごすのを好むようである。親の経済力が良くなってきて、子どもがアパートで生活できるだけの金銭的支援が可能になったことも一つの要因だろう。いくつかの寮の現状を聞いてみると、空き部屋があるようだ。

今から50年ほど前、私は茗荷谷の高台にある岐阜県学寮で4年間お世話になった。入寮の際には面接があったが、面接相手は先輩学生が中心であった。入寮が許可され、生活用品を関の自宅から送ってもらい、新しい生活が始まった。

岐阜県学寮は2段ベッドが4組配置された8人部屋であった。門限はなく、自由に出入りできる状態だった。2階には勉強部屋があり、その中の一つの机を使って勉強していた。1階には食堂があり、専従の女性がいて、食事を用意してくれた。ただし、配膳や食後の食器洗いなどは寮生が交代で行っていた。建物は古かったが、頑丈な造りであったと思う。

この寮には、東京都内の国立大学と私立大学の学生が混在しており、大学同士の情報交換が行われていた。私にとって、他大学について知る有益な情報源になっていた。1、2年生の頃は、寮から茗荷谷駅（地下鉄丸ノ内線）の向かいにある大塚キャンパスに通い、一般教養の授業を受けていた。3年生になると、幡ケ谷（渋谷区）の体育学部のキャンパスへ出かけた。

寮には風呂があったが、近くに銭湯があったので、夜食を食べに行くついでに、銭湯に入ってから寮へ帰った。3年生ごろからマージャンを覚え、徹夜でやったこともある。寮には寮監という常駐の管理者はいなかったし、門限もなかったので、夜中の何時に出入りしても文句を言われない状況だった。学生が多かったので、見知らぬ人や泥棒も入ってこなかったようだ。泥棒に入られたという記憶はない。

大学1年生の時は小遣いを稼ぐため、商品の看板を店に配達したり、デパートの商品を自転車で配達したりするアルバイトをしながら、東京の地理を覚えた。この時、東京には坂が多いことを発見した。自転車で荷物を運搬するのに、坂道を上るのが大変だったことを記憶している。

1年生の時、寮内でコンパが行われたが、お酒を飲んだのはこの時が最初であった。この頃はビールより日本酒を飲むことが多く、自分の酒に対するキャパシティーが分からないまま飲んでつぶれた。酒の味など覚えていないどころか、苦しみでいっぱいであった。この後もしばしばコンパがあったが、最初の苦しみを体験していたので、酒の量はほどほどにコントロールしていた。コンパは寮だけでなく、大学の柔道部でも行われた。何回も酒を飲みながら、自分は酒に弱いことを悟り、最初に飲んで眠ることにした。柔道部のコンパは柔道場で行うことが多かったが、私が眠って起きると、周りの学生が飲みつぶれているので、彼らを介抱しながら後始末をしていた。この頃の学生はよく酒を飲み、豪快な人物が多数いたように思う。

大学3年生の頃から学生運動が激しくなり、私の通っていた東京教育大学でも、大塚キャンパスが学生によって占拠されたことがある。そのため、授業に教員が来なくなり、休講の数が多くなった。体育学部のある幡ケ谷キャンパスでも、下級生が部活をボイコットしようと言い出したが、部活は大学の授業とは違い、学生の主体的な活動であるということで、部活は継続された。授業に出席する学生も少なかったように思う。

この頃の大学は授業の出席状況を調べていなかったので、私もほとんど授業に出席せず、試験の時だけ出て、単位をもらったことがある。また、学生は自分で学習する能力が高く、学生と教員とが激しく意見を交わす場面が何度もあった。教員はかなりストレスを抱えていたのではないだろうか。大塚キャンパスでは、教員の代表者が壇上で多くの学生運動家からつるし上げられる場面があった。東大ではもっと激しい大学紛争があった。とにかく、この頃の大学はまともに授業を行っていなかった。卒業式や入学式も取りやめになったことがある。

寮の学生は大学がそれぞれ異なっていたので、情報交換を行い、どの大学の学生運動が激しいのかが分かってきた。学生運動について会話する際は、意見のやり取りが激しく、黙っているとのけ者になってしまうように感じたので、自分なりに哲学の本などを読んで、意見のやり取りに負けないよう努力したことを覚えている。この時期に学生運動に参加していた者はかなりの論客になっているのではないだろうか。もっとも、過激な運動に走った学生は、後にいろいろな事件を起こしている。

学生運動の盛んな時に、寮生活と大学生活を経験した私の視点からすると、今の学生は主張がなく、「おとなしい学生」となっていると感じる。これについての良し悪しを判断するわけではないが、私自身は若い頃は元気に自己主張できる方が良いのではと思う。また、私が経験した寮生活は、若い人を成長させ、強い人間にする優れた生活環境であると思う。おそらく、寮生活をした学生は、後の社会人としての活動に積極性が出てくるのではないか。集団生活を経験すると、相手への思いやりや助け合いの心が育まれると考える。学生時代の寮生活は長い人生にとって有益であったと思っている。また、この体験が人生において自信につながっているのではないかとも思っている。

先日、茗渓会館で行われる式典に出席するために上京し、茗荷谷の駅へ降り立った。式典が始まるまでには十分時間があったので、昔住んでいた岐阜県学寮を見てみたいと思い、記憶をたどって歩いた。ところが拓殖大学の前を通り過ぎてから道に迷ってしまい、かなり時間をかけてようやく到着した。寮は私が住んでいた頃とは大きく変わっており、アパート形式の建物になっていた。知り合いもいなかったので、そのまま茗荷谷駅へ戻ろうとしたが、帰りの道が分からなくなった。近くを歩いていた中年の女性に道を尋ねると、「私もそこへ行きますから一緒に行きましょう」と親切に案内してもらった。ようやく茗荷谷の駅に到着し、歩いた道を思い出そうとしたが、無理だった。次に学寮を訪れることがあれば、スマホの地図を見ながら歩こうと思う。昔の思い出と50年後の現実との間には大きな変化があることを肝に銘じておきたい。

少年時代の遊び

小学生の頃は自然の中で遊んでいた。現在のように少年のスポーツクラブのようなものはなかったので、帰宅すると手持ち無沙汰になり、自然の中で体を動かすことが楽しみでもあった。記憶が薄らいでいるが、覚えている遊びについて書いてみようと思う。

子どもの頃の川は、現在のようにコンクリートで囲われて整備されておらず、土ののり面がむき出しになっていた。小さい川は流れが遅かったし、水の量もそれほど多くなかったので、上下2カ所をせき止めて、その間の水をバケツでかき出した。するとそこは水が少なくなり、魚が簡単に捕れた。時にはウナギも捕まえることができた。泥だらけになって家に帰って、捕った魚やウナギを食べた。当時は農薬もほとんどまかれていなかったので、泥さえ取り除けば安心して食べることができた。また、田んぼの中にいる「つぼ」（タニシというのが正確な呼び名かもしれない）を拾って帰り、母が酢味噌で料理したものを食べていたが、コリコリしていてまずいとは思わなかった。

これは偶然の出来事だが、秋ごろに近くの山を歩きまわっていると、野ウサギのふんが落ちているのを見つけた。さらに、林の中にいわゆる獣道と思われるのを発見した。誰だったか忘れたが、「針金で丸い輪を作って、それを野ウサギが通りそうな道の横の木にくくっておくと、運が良ければ次の日にウサギがかかっている」と言っていたのを思い出し、野ウサギの頭より少し大きい輪を作って仕掛けておいた。翌日見に行くと、本当に野ウサギが輪に引っかかって死んでいた。早速、家に持って帰ったが、野ウサギのさばき方が分からないということで、近所の人にさばいてもらった。その肉を食べてみたが、どんな味だったかは覚えていない。

子どもの頃に住んでいた家は平屋で、風呂は薪を炊いて沸かしていた。そのため、秋の終わり頃になると、山へ行って「まつご」を集めてくる作業を行っていた。まつごは松の枯れ葉であり、よく燃えるので重宝した。まつごをかき集めて取るので、山肌はきれいに掃除したみたいになる。そのため、マツタケが生えやすくなる。時々近所の人からもらって、母がマツタケご飯を炊いてくれたが、当時はそんなに珍しいとかおいしいとか思わなかった。たくさん取れていたからかもしれない。

夏休みになると、近くの用水（川）で水遊びをしながら、少しずつ泳ぎを覚えていった。当時の小学校にはプールがなかったので、もっぱら川で泳いでいた。高学年になると、平泳ぎに近い泳ぎができるようになったので、自転車で長良川まで泳ぎに行った。挑戦していくうちに、最初は怖かった長良川の横断ができるようになった。6年生になると、上流から泳いで下っていき、下流の広い到達点から歩いて元の場所へ戻ってくるということを繰り返した。こんな遊びをしていると、川には流れがあり、対岸へ渡るにも真横には行けないことが分かり、かなり流されることを計算して到達点の目標を定めることを経験則として理解する。これを理解していないと、焦って混乱し、時にはそのまま流されていくことになる。最近はプールで泳ぐことがほとんどだが、時々川でおぼれる事件が発生しているようであり、川で泳いだ経験がない人は要注意である。

小学4年生の時、学級対抗のソフトボール大会が行われ、負けて悔し涙を流したことがある。勝つものと思っていたのに、負けてしまった。負けた時は何とも思わなかったが、クラスの仲間と話をしているうちに、無性に悔しくなり、自然に涙が出てきた。こんなことは以前になかったことなので、今でも覚えている。

6年生の時に伊勢湾台風が来て、平屋であった自宅の屋根の瓦が一部吹き飛んで怖い思いをした。この時、小学校の校門近くにあったイチョウの大木が倒れてしまった。このイチョウの木にはギンナンがたくさんなっていた。熟して地面に落ちている実を拾い、学校の裏の川に入れておき、数日後に皮が腐ってはがしやすくなってから、中身を取り出す作業を仲間と行った。水が冷たかったが、ギンナンの実を収穫した充実感があった。食べたかどうかは覚えていない。多分いって食べたのだろう。

小学生の頃から体格に恵まれていたこともあり、5年生の時に関市のスポーツ大会のソフトボール投げ競技に出場したところ、45メートルほど投げて優勝し、注目された。まだスポーツらしきことは行っておらず、遊びとして河原で石を投げたり、ソフトボールでキャッチボールをしたりする程度であった。6年生の時も大会に出場したが、優秀な野球少年に負けて優勝できなかった。ボールを投げる練習はほとんどしていなかったが、おそらく肩の力が強かったのではないか。野球はほとんど行っていなかった。

小学生の頃はテレビゲームのような家の中で遊ぶ方法がなかったので、外で遊ぶしかなかった。しかも、自分たちで工夫して遊んでいたと思う。子どもたちにとって、昔の遊び方が良いのか現在の遊び方が良いのかは分からないが、外で遊ぶ方が健康的ではなかろうか。

一人で遊ぶゲーム

学生の頃に寮生活をしていたが、その時に暇に任せて囲碁と将棋を覚えた。全くの初心者であったので、定石などは全く分からないまま将棋を指し、碁を打っていた。当然ながら負けてばかりいたが、1年ぐらい経過すると、時々勝てるようになった。もちろんハンディを付けてもらってのことである。そのうち将棋と碁の本を買ってきて、いわゆる定石なるものを勉強した。しかし、実践ではなかなか通用しないことが分かり、とにかく対戦の数を重ねることが強くなる秘訣だと思い、暇があるたびに相手を見つけて対局を求めていた。将棋は上達してきたが、囲碁はまだ初心者であった。ある日、寮生のＯＢが寮に来て、将棋を指すことになった。この時には、寮の中では将棋は強い方になったと思っていたが、先輩との対戦ではまったく歯が立たず完敗だった。先輩は私が少し強くなったことを認めてくれた。これ以後は、将棋を指す回数は少なくなっていった。

大学を卒業して、東京教育大学体育学部の助手になってから、ここの事務長と囲碁を打つことがあった。事務長は有段者であったので、いつも置き碁で打っていた。ある時、事務長がなかなか打たなくなったので理由を聞いてみると、「一目どうしても足らないので考えている」ということであった。私は何目あるのかも分からないまま打っていたのに、有段者は何目かを数えながら打っていたことに驚くとともに、さすがに有段者だなと感心してしまった。囲碁は同級生の楠戸一彦君が研究室へ来ると、手製の碁盤を使って打っていた。楠戸君は私より碁の経験が長いので、初めのうちは負けることが多かったが、時間が経過すると私が勝つことができるようになってきた。

大学4年生の時だったと思うが、同級生が生理学教室に所属していて、そこの田中英彦教授が将棋にたけているという話を聞き、対戦を申し込んでもらった。生理学教室の研究室へ行き、将棋を指し始めたが、さすがに強くて隙がなかった。私は得意としていた四間飛車で進めて、終盤になったところで、思いもかけず勝ち筋が見えてきた。時間をかけて詰み筋を何回も検討し、何とか詰め切ることができた。後に、田中教授は初段だったと聞いた。私もかなり力を付けてきたのだと思ったものである。

マージャンは寮生活の中で覚えた。寮に仲間がいたので、夜中まで行っていた。しかし、助手になってからは4人の仲間（メンツ）がそろわないので、しばらくできなかった。ところが、柔道研究室へ中村良三先生が来てから、メンツが不足すると研究室へ電話があり、マージャンに誘われるようになった。私も時間があるときは付き合っていたが、得意ではなく、負けることが多かった。こんな状況が2年間ほど続いたが、柔道関係者は筑波大学へ移動したので、これ以後は誘いがなくなった。

岐阜大学へ移動してからは、将棋、囲碁、マージャンを行う仲間が見つからなくて、まじめに研究と学生の指導を行っていた。そんな中でパソコンが発達し、個人で楽しめるゲームソフトが入手できるようになった。いろいろある将棋ソフトの中で「柿木将棋」というソフトを購入し、パソコンを使って一人で挑戦していた。このソフトはレベルが高く、3ないしは4段階のところで負けが込んできた。将棋ソフトのレベルはどんどん向上し、現在はプロの棋士でも負けるレベルになっているという。最近は無料の将棋ソフトをダウンロードして指しているが、3段階ぐらいで勝てなくなってしまう。かなり強い。囲碁ソフトは使ってみたが、当時の将棋ソフトより弱く、時間がかかるのでやらなくなった。マージャンは無料のソフトがあるので、これを使って一人で打っている。勝ち負けを気にせず打てるので、気分転換に使っている。

以前は、これらのゲームを行う場合、対戦相手がいないとできなかったが、今ではゲームソフトを利用して一人でも楽しむことができ、便利な時代になったものだと感心している。ゲームソフトはこれからもいろいろなものが作られると思うが、ゲームに入り込むあまり、本来行うべきこと、例えば勉強や仕事などをおろそかにしないようにすることが肝要だろう。

カナダ滞在記

カナダ滞在記

在外研究員として、カナダ・ハミルトンにあるチェドックのＣＥＮＣへ10カ月間行くことになった。ここには小児科学で有名なオデッド博士がいるので、無理を言って滞在させてもらった次第である。海外での長期滞在は初めてのことなので、出発するまでどのようなトラブルが発生するか不安であった。特に英会話が未熟であり、カナダ人に通じるのかどうかが最も大きな不安であった。

家族を残し、単身で成田からトロントへ飛んだ。飛行機は快適な状態で進み、ほぼ予定通りにトロントへ到着した。空港にはオデッド教授が車で迎えに来ており、ここから1時間かけてハミルトンへ行った。この日は小さなホテルに泊まることになった。１週間ほどこのホテルに滞在して、新しいすみかをオデッド教授と探し回り、最終的にダウンタウンにあるＢａｙ２００というアパート（日本のマンションに近い）の12階の部屋を借りることにした。

部屋には家具がなかったので、オデッド教授の娘タリーの車で家具店へ行き、ベッドのマットレスやテーブルなどを購入してきた。友人の三村寛一先生（大阪教育大学教授）から紹介されていた電気店に電話をしてテレビをレンタルし、ケーブルテレビをつなぐ手続きを行った。電話を引く手続きは電話機から申し込まなければならず、片言の英語で何とか契約ができた。中古の車を買おうとしたが、適当な車が見つからなかったのに加え、歩いて行ける場所に生活に必要な物を売る店があることが分かったので買わなかった。代わりに自転車を買って動き回った。ここの生活に慣れるまでに1カ月程度かかったように思う。

生活する場所が決まり、それ以後は平日にバスでチェドックの研究所へ出かけていき、スタッフと交流した。この研究室には正規の職員が4人、外国（米国、英国、オランダ、ブラジル、グアテマラ）から来ている研究員や学生が6人ほどいた。その中で、特に親しくなったボグダンはポーランド人で、カナダに家族と共に移住してきたとのことだった。彼には研究所からアパートまで車で送ってもらっていた。

とても人の良い人物である。

ある時、ボグダンが母国のポーランドへ親戚の葬式のために帰るというので、日本式に香典として小切手を渡した。彼は受け取ることを拒んだが、これは日本の慣例だといって渡した。彼がポーランドから帰ってきてから、長時間話す機会があった。ポーランドの過去の歴史を説明してくれる中で、「自分は母国に対する愛着が強く、いつかは帰国したい」と話していた。研究所には多くの外国人がいたが、誰もが母国に対して強い愛着を持っていると察した。日本人がどの程度愛国心を持っているかについて、自分に問いかけてみたが、母国愛、愛国心は弱いと感じている。

〈国際会議〉

ハミルトンでの生活が始まったばかりの頃、研究室では小児スポーツ医学の国際学会を主宰するということで、スタッフが忙しく動き回っていた。私も手伝いを申し出て、会場係を担うことになった。この国際会議には、日本から浅野勝己先生（筑波大学）と三村寛一先生（大阪教育大学）が発表のため参加してきたので、会議中は一緒に日本語で会話ができた。
会議最終日の夕方から、懇親会とダンスパーティーが行われ、私も関係者と一緒になって楽しく過ごした。その晩は浅野先生と三村先生を私のアパートに泊めて、翌日はチェドックのゴルフ場で3人一緒にゴルフを楽しんだ。

〔世界柔道選手権大会〕

これは予期していなかったが、ハミルトンのコップ・コロシアムで、9月30日から柔道の世界選手権が行われることを知り、早速その入場切符を購入した。試合は夜行われるので、研究所から帰ってから毎日試合を見に行った。日本から知り合いがたくさん来ていたので、一緒に観戦した。懐かしい竹内善徳先生にも会うことができ、夕食会では会話が弾んだ。ハミルトンは人口40万人と小さい町であるが、ここに在住する日系の柔道家

国際学会

が大会を招致したということだった。

ハミルトンは柔道が結構盛んであり、柔道場も活気があった。大会の時は柔道場がどこにあるかも分からなかったが、後日に探して、練習できるようお願いした。許可が得られたので、日本にいる妻に連絡して柔道着を送ってもらった。道場にはかなり強い選手がいたので、私にとっては不足のない練習ができた。柔道場には嘉納治五郎師範の写真があり、練習前と練習後には正座してあいさつをしていた。日本の練習よりきびきびしていて気持ちが良かった。外は雪が積もり、マイナス10度の寒さであったが、練習で汗を流し、温水シャワーで体を洗うと、気分がすっきりしてとても爽快になったことを記憶している。

(家族旅行)

日本にいる家族全員をカナダへ招待するため、トロントにある日本通運の事務所で航空券を購入して、日本の妻に送った。12月24日にトロント空港へ到着するという連絡があったので、迎えに行った。ほぼ予定通りに到着し、タクシーでハミルトンのアパートまで行った。1時間ほどでアパートに着き、家族はくつろいで旅の疲れを癒やしていた。

次の日は、ハミルトンの街を見学しながら市場で買い物をして、アパートで食事を取った。ゆっくり休息し、次の日にタクシーでナイヤガラのシェラトン・ホテルへ向かった。雪が降っていて寒かったので、ナイヤガラの滝まで歩いて行くことはできなかった。そこで、タクシーでスカイロン・タワーまで行き、タワーの上からナイヤガラの滝を展望した。この日はとにかく寒かったので、ホテルの中からナイヤガラの滝（夜景）を鑑賞した。

翌12月27日には、昼頃にナイヤガラからハミルトンのアパートへ戻った。アパートには午後1時ごろに着いたので、夕食に招待した友人のカルビン（グアテマラの医師）、ユバール（オデッド教授の次男）、重松良祐君（三村先生の教え子）のために、妻が町のスーパーで食料を買い込んで、料理を用意した。午後6時ごろに3人が来たので、家族と一緒に夕食を取りながら雑談した。子どもたちは外国人と話すのが初めてのようで、神妙にしていた。友人らが帰ると、子どもたちは口数が多くなり、家族で楽しく歓談した。

28日にはトロントのラマダ・ホテルに家族全員で泊まり、次の日に、トロント空港からモントリオール空港を経由して、ケベックへ到着した。タクシーで、お城のようなホテル（シャトー・フロンテナック）へ行った。運転手は5人も乗れないと言ったが、無理を言って乗せてもらった。夏には人気のあるホテルということであるが、冬は閑散期のため宿泊代も半額になり、お得に泊まれる。日通旅行の担当者が気を利かせて、良いホテルを予約してくれたと思っている。

ケベックの夜はとても寒い。ホテルから近い商店街まで歩き、何とかレストランへ入って夕食を食べることができたが、皆寒さで笑いが出てくるぐらいだった。本当に寒かった。ケベックに2日間滞在して、昼間には商店街を散策したが、昼も寒かったので、店から店へと移動しながら寒さを避けた。こんな寒さは日本では経験できないので、家族にとって貴重な経験になったのではないか。

大みそかにケベックからハミルトンに帰ってきて、アパートで休んでいた。そんな時、長女が「市庁舎前で大みそかのパーティーをやっているので行ってみよう」

と言い出した。次女は嫌がったので、4人で出かけて行き、イベントに参加した。家族はハミルトンに1月3日まで滞在して帰っていった。名残惜しかったが、皆が安全に帰宅できることを願って送り出した。数日後に妻に電話したところ、全員無事に帰ったと聞き、安堵した。

家族全員で旅行したのはこれが初めてであり、充実した家族旅行であった。良かった、良かった。

(ハミルトンでの生活)

車は購入しなかったが、一度だけ国際免許証を利用して、レンタカーを1週間借りて運転してみた。左ハンドルは慣れなかったが、何とか大きなモールへ行って買い物をすることができた。これ以外は、ボグダンに車で運んでもらった。感謝である。

食材はダウンタウンにあるマーケットへ行き、好きなものを買っていた。多様な果物があり、何度も買ってきて部屋で食べた。子どもたちがニンジンを果物のように食べていたので、試しにニンジンを買ってみると、日本のニンジンの味とは違って、甘くておいしかった。肉が安かったので、ステーキをフライパンで焼いて食べたこともある。ピザ店で注文したところ、中型でも食べ切れないほどの大きさだったので、残りは持ち帰って食べた。同じように、中華料理店へ入って2種類の料理を頼んだところ、量が多すぎて、パックで持ち帰って2日間かけて食べた。頻繁に食べたのはサブウエイというホットドックに類するパンであり、パンの間に挟む具材（野菜など）を変えることができたので重宝していた。

この頃は円相場が高かったので、食材は安く感じていた。途中でカナダの食事に飽きてきて日本食が食べたくなり、寿司店に入ったが、韓国人が握る寿司で、少々期待外れであった。そこで、妻にみそ汁のパックを送ってもらい、マーケットに売っているカナダ産の米を買ってきて鍋で炊いて、にぎり飯にしてみそ汁と一緒に食べた。おいしかった。最初は上手に炊けなかったが、何回も繰り返していると、うまく炊けるようになった。鍋でご飯を炊く経験は初めてだったので、自分でも炊けるのだと少し自信が出てきた。

冬が近づいてきたので、ダウンタウンの店へ行って、コートと革靴などを購入した。この革靴は、気温がマイナス10度以下になっても、足先が冷たくならなかった。防寒具はやはり現地で調達するのが一番だと思った。このほか衣類を見たが、値段が安く、日本製はほとんどなかった。日本製以外は縫い目が粗く、すぐに糸がほつれるようなものもあった。やはり日本製は品質が良くて素晴らしいと感じた。

一つ困ったことがあった。カーテンを買おうとして店員にどこにあるか聞いたところ、私の「カーテン」という発音がうまく通じず、店員はキョトンとしていた。日本語の分かる女性が近づいてきて、正しい発音で説明してくれ、ようやくカーテンを買うことができた。この時は自分の英語の発音が悪いことを自覚した。

(ヨーロッパ旅行)

在外研究の最後の一カ月間は自由気ままな旅行をした。ハミルトン、ロサンゼルス、ロンドン、ケルン、ローマ、日本（羽田）という行程で、どの地点も2泊3日で移動した。

ロンドンでは大英博物館へ行った。ミイラの実物がたくさん陳列されていたのが印象的であった。この博物館は大きすぎて一日では回り切れないと感じて、途中で切り上げてきた。もっと時間が欲しかった。ケルンでは大聖堂へ行った。はるか上にそびえている大聖堂を視角に捉えることができ、中世時代にこれを建立した偉大さに驚いた。ローマには遺跡がたくさんあり、観光バスに乗って案内してもらったが、一日では短いと思った。その中で、バチカンのサン・ピエトロ大聖堂へ行って、回廊を上って見た景色は広々としており、ここで映画の撮影などが行われているのだと思った。

ヨーロッパ旅行は駆け足で回ったので、あまり印象に残っていないが、再度行ってみたいところはいくつかある。その一つはローマである。ここの遺跡はたくさんあり過ぎるので、ゆっくり旅行してみたいと思っている。

私の生き方・思うこと

運がいいと思うこと

これまでの人生を振り返ってみると、生死を分かつとか、路頭に迷うといった特段の厳しい出来事には遭遇していない。もちろん、それぞれの時期において壁に突き当たって苦慮したことはあるが、それを乗り越えてきたということなので、解決できたものだと思っている。だから、これまで七十数年生きてこられたことは運が良かったのだと思っている。

運とは、その人の意思や努力ではどうしようもない巡り合わせと説明する辞書も見られるが、成功した多くの人は運がいい、運が良かったと思うようである。自分で運が良いと言う人は、自分の現況を示していると思う。その時点に至るまでの説明が難しいことや、説明が面倒くさいという気持ちもあって、運が良いという表現でまとめているのであろう。私の場合は、振り返ってみても、何が現在の自分を作り上げていったのかをうまく説明できないので、とりあえず運良くここまで来られたと言うしかない。やはり、人間は運が悪いと思えば悪い状況になり、良いと思えば良い状況に至るのではないか。著名人で運が良かったと言っている人の多くは、それまでの努力が背景にあって、運が良いと言える状況を作り上げていったという自負を持っているように思える。運が良いと思うことは、これからの人生で大切なこととして心に刻んでおこう。

話は飛ぶが、この事例は運が良いのか悪いのか、判断がつきにくいが、私としては運が良かったと思っている。

長年勤務していた大学では管理職に就く機会があり、全体をまとめることが求められていた。そんな中で、不整脈を発症し、薬を飲みながら生活していた。この状況が数年続いていたが、63歳の時に別の大学へ移動することになった。ここでは時間的に余裕ができたので、不整脈を治す手術（アブレーション）を受けることにした。手術の治療効果は80％ぐらいだと担当医師から言われていたので、思い切って手術に踏み切った。その結果、不整脈はほとんど出なくなった。しかし、退院の際に、医師から「2週間後に再度手術を行う必要がある」と告げられた。理由を聞くと、冠状動脈に硬化があり、血管が閉塞しているので、この部分にステントを入れて血流を回復させる必要があると、映像を見ながら説明された。これは大変だと思い、再度入院してステントを入れる手術を受け、無事終了した。

術後に、造影剤を注入した時の心臓の映像を見せてもらったが、確かに血管の中にステントが入っており、血流が回復していた。心臓の冠状動脈に閉塞などがあれば、自覚症状（痛みなど）があることが多いようだが、私の場合は以前から痛みに対して鈍感であり、異常は感じなかった。そのため、もし不整脈の手術をしていなければ、心筋梗塞の発見もなく、どこかで突然死に至っていたかもしれない。不整脈が出ていたことは運が良いとは言えないが、この手術をしたことによって致命的な心筋梗塞を発見でき、治療できたことは運が良かったと思っている。

手術した翌日には、放送大学の説明のため高山市へ出張したが、体調に異変はなく、普段と変わらない気分であった。手術を受けて10年以上が経過しているが、今のところ無事に生きている。

自他共栄

「自他共栄」は、柔道を創始した嘉納治五郎師範が提唱した言葉である。

私は大学生の頃、柔道部に所属しており、日曜日を除いてほぼ毎日練習に明け暮れていた。大学の授業が終わってから、道場へ駆け足で行き、練習に参加した。卒業した先輩が練習に来られることもあり、特に年配の先輩からは「君たちは嘉納治五郎師範の直系の流れの中で柔道修行を行っていることを肝に銘じておくように」と言われてきた。多くの柔道場には、嘉納師範が提唱した「精力善用」「自他共栄」の言葉が掲げられている。このような環境の中で、自分は嘉納師範の教えを尊重して励まなければならないのだと思うようになった。卒業後は嘉納師範に関する書物を読むようになり、嘉納師範の力量について感服・尊敬することとなった。

少し前に、自他共栄という言葉がたびたび脳裏をよぎる時期があった。その背景には、トランプ氏がアメリカ大統領の時、しきりに「アメリカ・ファースト」と力説しており、また小池東京都知事も「都民ファースト」と叫んでいるのを見て、世の中の行く先が不安になってきたことがある。「〇〇ファースト」とは、「〇〇」を大事にし、その他は大事にしない考えとも解釈できる。この考え方は自他共栄の精神とは相反するものであると考える。世界が支え合って発展するには自他共に栄えることが大事であり、そのためには自分のことだけでなく、相手のことを大事に考える必要がある。最近使われている「ウィン・ウィンの関係」と類似しているように思う。トランプ氏の考え方に対しては、多くの知識人が危惧を抱いているようであり、一歩間違うと戦争に発展することもあり得るのではないか。この考え方が出てきたのは、世の中に閉塞感が高まってきたことによると思われるが、「〇〇ファースト」という考え方をいったんリセットして、新たな道を求めていく必要があろう。自他共栄の精神はどこへ行ったのか。むなしい気持ちでいっぱいである。

近年では、ロシアによるウクライナ侵攻が始まり、またイスラエルによるガザ地区への侵攻が報道された。多くの人々が死亡しており、住宅も壊滅的な被害を受けている。侵攻・戦争を行うにはそれなりのきっかけがあると思うが、人の命、とりわけ一般人の命が失われていく現状を見ると、何とかしなくてはという気持ちが強くなってくる。戦争や侵攻を食い止める方法はないものだろうか。国連では人道を尊重する決議が行われたが、一向にその効果が見られない。人類の幸福をどう守っていくことができるのだろうか。自他共栄の精神は、人類を幸せにしていく基本になるのではと考えるところである。今の自分の力はむなしいほど小さい。

最後に勤務したのがキリスト教系の大学だったこともあり、相手に対する思いやりの心が大切であるという気持ちが強くなった。相手を思いやり、大切にする心は人間における最重要件であると思っている。思いやりの心があれば、けんかや戦争などなくなるのではないか。

近頃のテレビ番組や映画、あるいはゲームでは、物を破壊するのを楽しむ向きがあるようだ。さらには、人や動物などを殺傷するゲームもたくさんある。ゲームの中では相手に傷を負わせたり、殴ったり、刀で切りつけたりしても、その痛みを感じることができない。これらのことがいかに大変な行動であるかを理解できなくなっているのではないか。柔道では投げたり投げられたりするが、投げられた時は痛みを感じるので、相手を安全に投げる方法を考えて実行する。ゲームでも、相手を痛めつける場面で自分も痛いと感じるようにすれば、簡単に人を傷つけることができなくなるのではないか。相手を思いやる心、自他共栄の精神を大切にしていきたいものである。

当たり前は当たり前でない

辞書を見ると、「当たり前」とは、「一般に認識され、疑問を持たれることの少ない事象や状態を指す言葉である」とか、「道理から考えてそうあるべきこと。当然のこと、ごく普通のこと、ありふれていること」という意味だという。「当たり前」という言葉は日常でしばしば使われるので、この言葉について深く考えることはあまりない。しかし、次の出来事を知ってから、当たり前の状況について考えるようになった。

2回目の東京オリンピックは、新型コロナウイルス感染禍の中で、無観客という特異な措置の下に行われた。この時、柔道の監督を務めた井上康生氏がインターネットの記事の中で、「当たり前ではない」ということを述べていたのが目に入った。東京オリンピックでは柔道競技で多くの選手が金メダルを獲得して、記者会見の際に「感謝」の言葉を述べてから優勝した喜びの言葉を発していた。どの選手も同じような表現・表情をしていた。柔道以外の競技でメダルを獲得した選手も、同じように「感謝」の言葉を発していた。これを見ていて、指導者から指示されて「感謝」の言葉を発しているのでは、という勘繰りもしないではなかった。しかし、井上監督の記事を見て、この勘繰りはなくなった。

東京オリンピックの代表になった選手は何回も厳しい予選を勝ち抜き、ようやく出場できると思っていた矢先に、新型コロナの感染が厳しくなり、開催が1年延期となった。さらに開催が危ぶまれる中で、無観客という異例のかたちになった。そんな状況下で、オリンピックに出場できたことは、選手にとって心からの喜びだったのではないだろうか。コロナ禍以前であれば、オリンピックの代表選手として出場するのは「当たり前のこと」であったが、今回のオリンピックは「当たり前のこと」ではなく、極めて特殊な事であったと言える。このようなことが頭をよぎり、選手はまず大会が開催できたことに「感謝」し、次に優勝の喜びを表したのではないか。

コロナ禍において、多くの人々が「当たり前のこと」と思っていたものが、実は当たり前ではなく、感謝すべきものだったということを強く心に刻むこととなった。

日常の行為は当たり前のように行っているが、いつ何時消失するかもしれないのである。たとえば、水道の蛇口をひねれば、おいしい水が出てきて自由に飲むことができる。ストーブに電池式のスイッチで点火すれば、常に暖を取ることができる。夜暗くなっても、電灯のスィッチを入れれば明るい部屋になる。夏の暑い日には、エアコンを入れれば涼しくなる。腹が減れば、コンビニやスーパーですぐに食べ物が入手できる。車を動かすのはガソリンであり、ガソリンスタンドへ行けばいつでも購入できる。このような日常何も気にせず行っていることが、地震などの災害が発生すると、途端に何もできなくなるという現実に直面することになる。当たり前のような普段の生活ができなくなる、すなわち当たり前でなくなるのである。

当たり前のように生活できることに感謝しなければならないであろう。感謝、感謝である。

死に方についての考え方

このところ、どのように死ぬかということを考えるようになった。そのきっかけは、中部学院大学で行った講演会で、医師の諏訪邦夫氏ががんの話をした際、「かっこよく死ぬ方法」という言葉を使われたことである。死は誰もが避けることができない事象であり、私は67歳になったので、この先それほど長く生きられるわけではないと思っている。同級生や長年付き合ってきた同僚が突然亡くなるという訃報に直面するたび、かなり狼狽し、自分が死んだ場合はどのようになるのだろうと思うようになった。死がいつ訪れるかは誰も分からないが、いつか死を迎えることは否定できない。諏訪氏の講演を聞いて、どのように死を迎えるかについて考えるようになった。

私としては他人に厄介にならないで、できるだけ短時間で死んでいけることを願っている。例えば、がんになっても治療は受けず、尊厳死を求めるのが良いと思う。がんのように死に至るまでに時間的余裕がある場合は、今後の身辺のことを考えることが可能なので、心の整理ができるだろう。しかし、心臓疾患などで急死することもあると考えれば、それまでに身の回りの整理をしておく必要がある。つまり、いつ死んでも気にならない状況を作っておくことが、気休めであるとしても必要だと思う。作家の池波正太郎氏は「朝、気が付いてみたら息が止まっていた。これが大往生で、人間の理想ではないか」と本に書いている。これは、現在よく言われている「ＰＰＫ＝ピンピンコロリ」に相当するのではないか。大げさに死なないで、自然に消えるように死んでいけることを願っている。

宗教には、死後の世界があるという説明がなされており、天国へ行けるかどうかは生前の行いによって決まるともいわれている。私は死後の世界を信じていないので、やはり自分が死ぬときの状況、死に方について前述のような考えを持っている。

ただし、つい最近、隣の家の奥さんが突然亡くなった。家族の様子を見ていると、悲しいのをこらえて葬儀の準備をしており、長男は涙声で別れのあいさつをしていた。この状況を見ていると、自分だけで死を迎えるのであれば、池波氏の言う大往生でよいと思うが、家族や周りの人に対しては心情的にかなりの衝撃を及ぼすことになるとも思える。

かなり前のことだが、私の叔父の息子が自動車事故で死亡した時の様子が脳裏に湧き出してきた。高速道路で渋滞のため止まっていた時、後ろからトラックが突っ込んできて、一瞬のうちに死に至ったということである。葬儀の場で、叔父は怒り狂っており、兄弟が鎮めるのに苦労していた。このように事故であれ、殺人であれ、災害であれ、本人の意図とは関係なく死に至ることも現実に起こり得る。私自身も交通事故で死亡することがないとは言えない。病気によって死亡する場合と違って、このような死に方は周りの関係者に大きなショックを与えることになり、心情的影響が長く続くことが予想される。病気で死ぬ場合は家族もそれなりに理解し、死を受け入れてくれるかもしれない。

コロナの感染が広がっている最中に、同僚だった加藤直樹教授が亡くなった。この時は残念で仕方がなかった。彼とは、私の退職後は年に1回会うかどうかであったが、大学で同じ仕事をしていた当時は大変世話になっており、力強い同僚であった。彼が退職する時は、ぜひとも今自分が勤めている大学へ来てもらい、力を貸してもらいたいと思っていた。しかし、それはかなわなくなった。この時ほど死に対してショックを受けたことはない。本当に惜しい人を亡くしたと、いつまでも無念さが心に残っている。

このように死に方はさまざまであるが、結局のところ、死というのは自分一人で考えるものではなく、それなりの状況を踏まえて死んでいくのが肝要であるようだ。

人生の中で死は最も大きな命題である。

愚直について

柔道の練習で一つの技を修得するのに、同じ技を何回も繰り返す「打ち込み」という方法がある。かつて先輩からは「ばかになって打ち込みをやれ」と言われたことがある。また、大先輩からは「一つの技を試合で実施できるようになるには、同じ技を5千回以上繰り返し練習しないといけない」と言われた。これらの言葉は、何も考えず一心不乱になって一つのことを繰り返すことが、技を修得するのに大事だということを意味していると受け止めている。自分の経験からも、同じ技を何回も繰り返して、少しずつ精度を高め、自信を持って遂行できるようにしていくのが常とう手段であると言える。この原則は、柔道に限らず、ゴルフクラブのスイングやバットの素振りなどにも当てはまると思う。さらに、スポーツだけに限らず、工芸などの匠の技を修得するための基本であると言えよう。

ところで、講演会や会議のあいさつの際に、年配の人がよく「愚直」という言葉を使うのを聞く。しかし、私はこの言葉を好きになれなかった。愚直というのはばか正直に、脇目もふらず一筋の道を突き進むという意味で使われる。一つの技術や技を修得する場合には、何回も同じことを繰り返す必要があるので適した言葉と言えるが、研究や教育に対して使うにはそぐわない言葉だと思う。研究や教育は愚直ではなく、実直に柔軟に対応していく必要があり、私は「堅直」という造語を支持したい。実直で、堅実に一つの道を進み、状況に応じて柔軟に変化しながら進む必要があると考えている。教育の場合は実直に専念することが大切である。

また、「愚直」には気の利かなさとか知恵のなさという意味が含まれることから、目上の人に対しては使わない方が無難である。いずれにせよ、教育の場面では、愚直ではなく実直、賢直を使うことにしたい。

日頃から良かれと思って使っている言葉でも、本来の正しい意味で使用しているかについてはよく分からないことがある。なんとなく使っているが、本当のところよく分かっていないこともある。安田武著『型の日本文化』（朝日選書）には、日本に存在する型の修得例が示されており、型は日本の文化を象徴しているということが書かれている。日本人にとって、型を修得するのに一心不乱に集中して修得することが美徳であるということだろう。このような日本的背景から、愚直という言葉が使われるようになったのではないだろうか。いずれにしろ、文章や言葉にして表現する際には、言葉の意味を吟味して使用する必要があると肝に銘じておきたい。

禁煙の提言

学生の頃は男子のほとんどがたばこを吸っていた。喫茶店へ入るとあちらこちらでたばこを吸う姿が見え、部屋の中に煙が充満していた。私も大学3年生の時に友人からたばこをもらって吸ってみたのがきっかけで、それ以来29歳まで、1日に1～2箱のたばこを吸うようになった。当時は、たばこを吸うのが男性のステータスであるように感じており、なんとなく吸っていた。人と話している時など、手持ち無沙汰の時に吸っていたように思う。

当時は、たばこが健康に悪影響を与えるという情報はほとんどなかったので、多くの男子が吸っていた。そして、この時代に培われた習慣が、以後も持続することになった。私も29歳になるまで吸い続けていた。しかし、さすがに1990年代になると、たばこが健康に害を与えることが科学的に証明され、いろいろな情報が見られるようになった。将来のことを考えてここで禁煙をすべきと思ったが、ニコチン中毒から抜け出すのは苦労すると思い、また、私一人では成功する自信が持てなかったので、隣の研究室の先生と二人で禁煙に挑戦してみることにした。結果として、3カ月、半年、1年と禁煙に成功し、現在まで続いている。この経験から、禁煙は可能であるという見解を持った。

たばこの害の一つに副流煙がある。これは他人にも悪影響を及ぼすので、周囲の者にとっては大変迷惑なことである。禁煙して数年たつと、副流煙が何とも言えず嫌なにおいに感じるようになった。自分が吸っていた時、妻や子どもたちはさぞかし嫌な思いであったろうと、今さらながら反省している。

40歳頃だったと思うが、岐阜県の会議に出席した時、卓上の灰皿が消えていて、とても嬉しかったと記憶している。以前は灰皿が置いてあり、喫煙者は堂々とたばこをふかしていて、周囲に座っていた者は不快な思いをしたものである。この頃から、県や市などの公の会議は禁煙となり、出席も気にならなくなった。

こういう社会的風潮の中で、私の所属する岐阜大学教育学部の教授会ではたばこを吸う教員が目立っていた。ある時、あまりにも周りに気を使わないでたばこを吸う教員が目についたので、急きょ手を挙げて、教授会を禁煙とする提案を申し出た。緊急動議である。この時の議長は松岡良三学部長であったと思う。私の提案は即刻受け入れられ、次の会議から禁煙になることが決まった。突然のことだったので、たばこを吸う教員にとっては晴天のへきれきであったろうが、誰も反対意見を言わなかった。会議の後で、「よく言ってくれた」と数人の教員から感謝されたことを覚えている。もっとも、喫煙者は気まずい思いをし、私のことを恨んでいたかもしれない。なにはともあれ、教授会を含む他の会議も禁煙になり、社会的常識のある組織になったと思っている。

この後何年かして、岐阜大学学長として黒木登志夫先生を迎え、新しい組織での運営が始まった。事業の一つとして、黒木学長の発案で大学全体の禁煙宣言を行った。そして、サッカーのイエローカードと同じように、喫煙イエローカードを作って、校内で喫煙している者に提示するという案を遂行することになった。面白い発案だと思ったが、実際にこのカードが提示された事例があるかどうかは不明である。

学内の禁煙は岐阜大学だけでなく、ほとんどの大学が行っているようだ。

若い頃に新幹線に乗ると、社内に煙が充満している時があった。当時は新幹線の中は禁煙になっていなかったためである。しばらくして、喫煙車両と禁煙車両に分けて運行するようになった。しかし、喫煙車両から禁煙車両へ移動してくる人がいると、たばこのにおいがして嫌な気分になった。その後、全車両禁煙になったので、気持ち良く乗ることができている。まだ喫煙者のための部屋が新幹線の中に用意されているようであるが、そのうちこの部屋もなくなるということである。いっそたばこ産業がなくなればよいのにと思う。しかし、これについて誰かが、「政治家がたばこを吸わなくならなければ、たばこの生産は続く」と言っていた。なんとかならないものであろうか。

老いの自覚

人は誰でも年を取ると身体機能が低下し、顔や体形が変化してくる。75歳になると後期高齢者に分類されるが、年齢が同じでも、身体的機能には大きな個人差がある。75歳でも20代の体力を持っている人も、また、聡明な頭の機能の持ち主もいる。年齢だけで老人として扱うのはよろしくない。

とはいうものの、私のことを振り返ってみると、70歳ぐらいで歩く速度が遅くなってきたのを自覚するようになった。東京へ子どもたちに会いに行った時、かなり意識して歩くピッチを速めなければ、子どもたちの歩行速度についていけなかった。東京駅など人の多い場所で歩いていると、追い抜かれることが気になった。高齢になると歩幅が小さくなり、その結果として速度が遅くなることが知られている。自分の場合は、中学生の頃から柔道を行っていたので、柔道のいわゆる「すり足」が習慣になっており、つま先が先に着地する。さらに、いわゆる「がに股」歩きになっているため、ピッチを速めないと遅くなってしまうことを体感として理解している。歩行速度の低下は老いの自覚の一つに挙げることができる。

記憶力の低下については間違いなく進行している自覚があり、既に諦めがついている。別の機能として、以前は複数の仕事をほぼ同時に進めることができていたが、最近はそれができなくなり、一つのことに集中しながら取り組むことにしている。集中の度合いが以前より弱化している。これも老いの自覚として挙げることができる。ただし、高齢になっても名前などをしっかりと記憶できる人もいるので、記憶力の低下も個人差があるだろう。

このところ、自分の顔を鏡で見ることが多くなった。遠くから見る場合はいつもの顔だと感じるが、近くで見るとしみや肌の荒れが目に付き、さらに最近では白斑が出てきた。身長も低くなってきており、若い頃と比べると何ともみっともない体になってきている。これも老いの自覚になる。

5年ごとに同窓会を開催しているが、若い時は出席者の顔や体型に見覚えがあり、親しみを感じていたが、70歳を過ぎてから久しぶりに会う同窓生の顔や姿を見ると、かなり老けたなという感じを受ける。これは自分も相手からそう見られているのだと思っている。また、話の内容も過去の思い出話や孫の話が中心になり、未来志向の話はなくなってくる。同窓会は若作りで参加した方が良いのではと思うことがある。

老いを自覚する大きな要因は、周りの人から後期高齢者だという目で見られるようになることだと考える。結果として、自分も老いてきているのだと思うようになる。例えば、自動車の免許の更新が3年ごとになり、75歳を過ぎると認知症の検査を受けることになる。社会全体が暦年齢を基準に高齢者を作り上げているようだ。社会の制度は高齢者本人の意思とは別の判断で作られているように思える。自分で自覚していればよいのだが、周囲が老いを早めているように感じる。なんとかならないのか。

この文章を書いている時に、たまたま図書館で遠藤周作の「私は私、これでよし」という本を借りた。その中に「くたばれ敬老の日」という章があり、次のような記述があった。「かくて敬老の日は敬老の日ではなく、『長生き秘訣』を老人に聞く日に変じている。大体、平生から老人をいたわる気持ちがあり、敬う気持ちがあるなら、敬老の日など必要ではない。敬老の日を利用して遊びまわっているのは若者であり、今日だって……」。確かに敬老の日は何を行う日なのか、よく分からない。休みが一つ増えたということしか思い当たらない。あまり老人、老人という言葉は使わない方がよいのではないかと思っている。遠藤氏の気持ちが分かるような気がする。

関市の図書館で書棚を見ていると、老いに関する書籍がたくさんあった。これらを抜き出してみると、それなりの考え方が示されており、参考になるところが多い。しかし、結局のところ、自分が「老い」に対してどう考えるかによって、老いの状況が変わると思っている。だから、老いということを気にせず、素直に自然体で老いを迎えようと思う。老いに逆らっても仕方がないという諦めも必要ではないか。

とはいっても、少しは逆らって、若づくりもしてみたい。

名前の呼び方

幼稚園の入園式に来賓として出席した時、机に置いてある入園児の氏名一覧を見て驚いた。30人ほどの園児のうち、8割ぐらいの名前が読めなかった。中には当て字のような名前もあり、最近の命名の感覚は昭和の頃とは違っているのかもしれないと思った。いわゆるキラキラネームというのは、このような名前を言うのだろうか。

実のところ、私の名前も読みづらい。私の名前は「古田善伯」であり、「ふるたよしのり」と読む。祖父が命名したと親から聞いている。戸籍謄本には「古田善伯」と明記されているが、ふりがなは書かれていない。つまり、読み方は自由に決められるということだ。支障が出ることもあったのだろうか。国は2024年に法律を改正して、読み方も明記するということである。

小学校の同級生からは「よしのりちゃん」、親戚の人には「よっちゃん」「よしのりくん」と呼ばれていたと記憶している。しかし、成長して、名前が漢字で人の目に触れるようになると、正確に読んでもらえないことが増えた。中学校の先生は「ぜんぱく」と呼び、この頃から、「ぜんぱく」と呼ばれることが多くなった。いちいち訂正する気になれなくて、「はい」と返事をするようにしていた。

ある時、友人が「『善伯』は『ぜんぱく』と読んだ方がお坊さんのようでかっこいいのではないか」と言ってくれたことがある。私もいっそのこと「ぜんぱく」として生きていこうかなと思ったことがある。

韓国でオリンピックが開催された年に、友人と韓国の地方を旅行していた。その時、博物館へ立ち寄り、入館者の記名欄に漢字で名前を書いていると、後ろにいた外国人から、「この漢字はなんと読むのですか」と尋ねられた。そこで「ふるたよしのり」と読むことを伝えると、「そうですか、珍しいですね」と納得したような顔をしていた。この人は日本の文化について勉強しているのかなと思った。日本人でも「伯」を「のり」と読むことはほとんどないので、なおさら外国人も興味があったものと思う。日本でも、「伯」を「のり」と読んだ人は誰もいなかった。

学生の頃、東京の病院へ行き、待合室で呼び出されるのを待っていたが、一向に名前を呼ばれないので窓口で確認すると、「よしだ」と呼んでいたことが分かった。「古田」を「吉田」と読み間違えたのだろう。このことがあってから、関東では「よしだ」と呼ばれたら古田だと思って反応することにしている。最近でこそ「古田」という苗字は、元野球選手の古田敦也さんなどの有名人により全国的に認知されたようだが、まだ広くは認知されていないようだ。岐阜県では知事が古田肇という名前であり、また古田織部という有名な茶人がいたこともあり、古田の姓は知られているように思う。関東で「古田は古田織部の子孫か」と言われることがあるが、最近ではこれを否定せず、「そうかもしれない」と返答している。

私自身の名前が読みづらいこともあり、名前を間違えられても何とも思わなくなっている。しかし、中には名前を間違えられると気分を害して怒る人もいるようだ。私はそんなに気にしない方が良いのでは、という感覚でいる。どんなもんだろうか。

墓と宗教

子どもの頃から、死者を埋葬する場所が墓であることは何となく知っていたが、墓の存在意義についてはよく分かっていなかった。親が墓を大切にしているのを見て、墓は必要なのだと思っていた。

私の家系の宗教は禅宗である。墓のある寺は龍泰寺といい、山裾にある。両親が元気だった頃は年に何回も行き、お経を聞いた。お盆には和尚さんが自宅に来てお経を上げて、若干の講釈を述べ、お布施を受け取って帰っていった。

古田家の墓は、もともとは自宅から歩いて20分ぐらいのところにある神光寺にあり、当時は土葬が中心であった。小学生の頃に祖父が亡くなり、親戚らが棺おけを担いで墓まで運び、土葬したと記憶している。

いつだったか、墓の場所を両親が移した。それが現在の場所である。以来、年に何回か掃除をするとともに花を生けて、線香を立てるのが年中行事になっている。父が亡くなってからは、私と妻が墓の管理を引き継いだ。墓には先祖の名前が書かれた石板があるので、おおよその家系が想像できる。

ただ、最近になって、墓の存在意義がよく分からなくなってきた。墓は宗教的存在だと思っていたが、必ずしも宗教と関係があるわけではないことが分かってきた。墓の存在意義は死者を弔い、埋葬する場所ということである。つまり、宗教とは直接関係していないのだ。ただし、法律（墓地・埋葬等に関する法律）では遺骨をどこに処分してもよいわけではなく、特定の認められた場所に埋葬するという規定がある。お寺の敷地（墓地）であることが多いが、公的な墓地もあり、樹木葬や海での散骨葬のように、墓地とは関係のない場所でもよいことになっている。墓地を購入しない人は、遺骨をいつまでも自分の家に置いておくことになるのだろう。

最近では、墓の管理が大変だということから、永代供養とか墓じまいをする人が増えているという。永代供養はお寺が長期間にわたって墓を管理する仕組みだが、未来永久に管理するということではないようだ。また、墓じまいは個別の墓が閉じられることになるが、最終的に合同墓地などに移動するという。これが一般的になれば、今後は墓を管理しない人が増え、宗教も必要なくなってくるかもしれない。

私の経験では、葬儀が終わると初七日、四十九日、一周忌、三回忌といった儀式が行われた。この意義が理解できないまま、慣例だからということで参加していた。その都度、お経が唱えられたが、意味が分からないまま聞いていた。自分で勉強せよと言われればそれまでであるが、宗教の拡大を願うのであれば、儀式だけでなく、日ごろからその宗教について教示する必要があると思う。私が勤めていたキリスト教系大学では、キリスト教の牧師の資格のある教員が週に2回、礼拝堂に学生や教職員を集めて、キリスト教の教えについて話をしていた。仏教においても、一般の人に対して大切な教えを伝えることが必要ではないか。日本人は無神論者だといわれるのは、日本の主な宗教である仏教が閉鎖的であるが故に、葬儀以外への発展がないことが要因ではないだろうか。

東日本大震災の悲惨な状況の中で、一人のお坊さんが被害に遭った場所に立って、お経を唱えている写真を見たことがある。この写真から想像できるのは、このお坊さんの真剣な気持ちであり、心を打たれる人が多いのではないだろうか。こういう姿を見ると、宗教のありがたさが分かってくると思う。

日本で宗教を広めるのであれば、子どものうちに宗教の本質についての教育が必要ではないか。日本人は、私を含めて無神論者の範ちゅうに入る人が多い。宗教家がどのように考えるのか分からないが、例えば、お経の内容を子どもにも理解できるように解説することが必要なのではないか。宗教家の今後の積極的な活動を期待したい。

運転免許証を返納したら

運転免許証を返納したら、どんな生活になるのだろう。後期高齢者になって、こんなことを考えるようになった。現在の生活の中で、車がなくなるというのは考えられないことである。しかし、周りの高齢者の中には運転免許証を返納した人が何人もいる。返納後の生活状況を聞いてみると、歩いて行ける場所にスーパーなどがあり、車がなくても、歩くことができれば生活できるという。

私の生活環境を見渡してみると、歩いて買い物ができるのはコンビニだけである。こんな環境で車がなくなったらどうなるか。周囲の様子をうかがってみると、隣の奥さんは買い物にはタクシーを呼んで出かけているという。また、食料品は生協に頼むと定期的に運んできてくれるという。もちろんその分の費用が必要になる。

まもなく80代になろうという高齢者が近所にいるが、車をぶつけて警察を呼んだ時、警察から「免許を返納しては」と言われたという。確かに、高齢者がブレーキとアクセルを踏み間違えて建物に突っ込んだという事故がよく報道される。人をひいてしまう危険もあり、実際に大きな事故も発生した。高齢者の運転は危険だということが一般認識になっているようだ。後期高齢者は免許更新時に認知症の検査と運転技能検査を受けることになり、切り替えも3年ごとと短くなった。事故を防ぐという視点から言えば、高齢者は運転を避けてほしいという見解は正しいと思う。

しかし、免許を返納するとどういう生活になるかをしっかりと見定めておかなければならない。東京などの大きな都市であれば、交通網が発達しているため、車がなくても生活できると思うが、地方の田舎では、車がなければ生活に支障が出ることは明らかである。自動運転車ができれば生活に不自由はなくなると思うが、自動運転車が普及するまでにはまだまだ時間がかかるだろう。安全と生活という両面から、運転免許証の返納を考えなくてはならないだろう。

私と妻は運転免許証を持っており、2台の車を所持している。もしも2人とも運転免許証を返納すると、当然車は必要なくなり、車の維持費（ガソリン代、車検料、税金、保険料など）も必要なくなる。維持費は予想以上にかかっており、それに比べれば、タクシー代や生協の運搬料などは微々たるものになるようだ。実際に計算していないので、どのくらいの経費がかかっているのか、時間をかけて計算してみる必要がある。現在は2台の車があるが、免許の返納はいったん保留にするとして、経費削減のことを考えれば、とりあえず1台の車で生活できるようにするのが経済的である。最近は車で旅行することが少なくなっており、また、遠乗りもしなくなっている。車を1台にする場合、妻は私の車は運転できないと言うので、妻の専用にしている小型車（マーチ）を残して、時と場合に応じてどちらかが運転することになるだろう。当面は2人とも運転免許証を返納しないで、1台の車で生活することが課題になる。

さらに年齢が進行し、運転に不安が出てきた段階で、不安になった者から免許を返納せざるを得なくなるだろう。その時は、残る1人が運転手となり、現在の自宅で生活することになるが、2人とも免許を返納した場合にどうするかである。関市営バスに乗って買い物などに出かけることもできるが、運行の間隔が1時間以上空いているので、十分な時間の余裕を持っていないと利用しにくい。タクシーを利用したり、生協に必要品を運んでもらったりすることも考えられるが、年金生活でそれが可能であるかどうか。この自宅に住むのが難しくなることも考えられる。先の短い人生とはいえ、悩ましいことが起こってくる。子どもたちは3人とも県外に住んでいるので、頼ることは難しく、自立して過ごしていかなければならない。さらには、介護が必要になった場合にどうするか、運転免許とは別の視点で生活を見直す必要が出てくる。悩ましい問題である。

あとがき

　エッセーを書くのは今回が初めてだったので、エッセーの書き方について勉強するために、図書館で借りたエッセー集を読み、これを参考にしながら大変苦労して書き進めた。自分の人生のなかでのトピック的な出来事を中心に、記憶を頼りに書いてきた。机に向かって何を書こうか考えながら、思い出したことを基軸にしてスポット的に書き進めた。そのため、内容が雑多であり、時系列的に記述されていない。一貫性はないが、読み手にとってはどこから読んでも短編の文章として理解できたのではないだろうか。もう少し自分をさらけ出して書いてもよいと思ったが、長年研究論文を書いてきた慣習から抜け出せず、今回の表現になった。

　自分が書いたものを読み返してみると、もっと強く表現してもよいと思えるところがあるが、この程度に収めることにした。人生の思い出として残すには物足りないかもしれないが、今回が初めてのエッセーなので、今回はこれでよしとしておきたい。

私自身のことで恐縮するが、現職当時は自宅で過ごす時間が少なく、家族に対してはほとんど何もしてこなかったことへの反省の気持ちを込めて、家族の知らない自分についていろいろと書いてみた。その中で、家族全員（5人）で旅行したのは、カナダ旅行が唯一であり、子どもたちも記憶に残っていることだろう。この時の写真を机の上の写真ケースに入れて飾っていて、時々これを見ると懐かしくなる。

このエッセーは家族には何も知らせず書き終えているので、読んでいて憤慨するところがあるかもしれないが、これが自分の人生だったと思ってもらいたい。自分にとっては充実した人生であったと思っている。これからは過去のことはほどほどにして、未来の人生について考えながらマイペースで進んでいこうと思う。

終わりに当たり、岐阜新聞社出版室の皆さんをはじめ、本書の作成に協力していただいたスタッフの皆さんに感謝申し上げます。

著者プロフィール
古田善伯（ふるたよしのり）

1947年　岐阜県関市に生まれる。
1966年　岐阜県立関高等学校卒業。
1972年　東京教育大学体育学部体育学研究科修了。
1972年　東京教育大学体育学部スポーツ研究施設（助手、講師）
1977年　岐阜大学教育学部（助教授、教授、学部長）
2008年　国立大学法人岐阜大学（理事・副学長）（名誉教授）
2010年　放送大学岐阜学習センター（所長）
2014年　中部学院大学（学長）（名誉教授・名誉学長）

専門：運動生理学、医学博士（岐阜大学）、柔道（講道館柔道７段）

その他：岐阜県公安委員（９年）、岐阜県スポーツ振興審議会会長（10年）、岐阜県体育協会理事（3年）、岐阜県地域福祉協議会会長（8年）

学会：名誉会員（日本体育学会、日本体力医学会、人間福祉学会）、学会功労賞（日本教育医学会）、スポーツ功労賞（岐阜県体育協会）

大学教員人生50年　よもやま話

発 行 日　2025年3月3日
著　　者　古田 善伯
発　　行　岐阜新聞社
編集・制作　岐阜新聞社　読者局　出版室
〒500-8822　岐阜県岐阜市今沢町12
岐阜新聞社別館4F
TEL 058-264-1620（出版室直通）
印　　刷　岐阜新聞高速印刷株式会社

ISBN978-4-87797-343-8